情系河山

蒲俊 著

中国文联出版社

图书在版编目（CIP）数据

情系河山 / 蒲俊著 . -- 北京：中国文联出版社，
2025.1. -- ISBN 978 - 7 - 5190 - 5599 - 8

Ⅰ . I227

中国国家版本馆 CIP 数据核字第 2024MF3011 号

著　　者　蒲　俊
责任编辑　王　斐
责任校对　蒲　宇
装帧设计　中联华文

出版发行　中国文联出版社
地　　址　北京市朝阳区农展馆南里 10 号　　　　　　邮编　100125
电　　话　010 - 85923025（发行部）　　　　　85923091（总编室）
经　　销　全国新华书店等
印　　刷　三河市华东印刷有限公司

开　　本　710 毫米×1000 毫米　　　1/16
印　　张　20
字　　数　306 千字
版　　次　2025 年 1 月第 1 版第 1 次印刷
定　　价　89.00 元

笔底豪情谁可表，春风一缕蕴兰章

——蒲俊诗集序

认识蒲俊较早，但真正了解他还是近几年。自从承担某央媒创作应急诗词作品编审任务后，我就发现诗友这方面的才能。应急创作，诗词界并不陌生："煮豆燃豆萁，豆在釜中泣。本是同根生，相煎何太急?"曹植的《七步诗》就是典型事例。当今社会，总免不了一些重大突发事件，如强烈地震、特大洪水、疫情暴发等，都需要诗人及时表达。于是，创作应急诗词作品就需要诗人敏锐捕捉事态真相，尽快做出反应，用诗词精练语言，及时反映社会关切。要写好这类作品，必须具备深厚的诗词功底，同时还要具有崇高的家国情怀，不忘初心使命，恪守诗人的神圣职责。由于这类作品对时间和质量有特殊要求，就诗人而言也是有一定难度的。每当这时，我就想起诗友蒲俊，他总能在第一时间完成应急创作，且质量还不错。其作品具有鲜明的个性特征，善于把现实生活与豪迈的情怀有机结合，并且巧妙地融入了沉郁而铿锵、高古而浑厚的风格，诗语凝练而精准，多次荣登党建网、光明网、《中华魂》、《中华辞赋》、《星星诗词》、《乡村振兴诗词精选》、《诗为最美奋斗者奋歌》、《诗词世界》、《蜀诗年卷》等官网、诗刊及诗集，并在全国各类诗词赛事中屡屡获奖，在读者中引起格外关注。我觉得，蒲俊最擅长的还是山水诗的写作，本集大都收集的是近几年游历祖国大好河山的作品，他把家国情怀深深地融入秀丽山水之间，读来别有一番滋味。感触最深的有以下几个方面。

一是情注大好河山，别具一格，泼墨骋怀。读万卷书，行万里路，在顿悟中养浩然之气。《游峨眉》："冬至峨眉赏海霞，风寒树瘦未飞花。怡心又伴登高涌，德句方随妙境华。影落灵溪霜鬓乱，步停松殿嗓音沙。夕阳莫唱怀归曲，静夜无杯切念家。"游峨眉之时，北风呼啸，落叶纷飞，一路没有山花相迎，虽风乱了白发，追逐云海霞光，快乐却始终与登山相随。《石城云顶》："雄关不许猿偷渡，鼓角排空八柱巅。隘口幽搜元宋迹，沱江放朗古今篇。"石城云顶连猿猴也不能偷渡，天堑隘口之险跃然纸上，让人浮想联翩。《五凤溪古镇》："一桨渔歌梦里来，半城江水为君开。群峰写志擎霄汉，五凤朝阳绕阁台。"五凤溪古镇灵性意境梦中扑面而来，余味无穷。《泉湾放眼》："白马灵溪景色新，官仓大写一湖春。浪飞天际云霞洗，地涌氡泉宿病泯。"特别是浪飞天际云霞洗，张弛得益，自然流畅。《新都桂湖》："几朵游云情憾慨，状元流放事何殊。"即景抒情浮想联翩。《洞庭怀古》："八百烟波钓晚霞，孤峰入画隐仙家。岳阳楼记回头信，物喜人悲四照花。"首联山水烟霞仙家，有景有诗有画。尾联岳阳楼记回头起潮信，范仲淹不以物喜不以己悲的精神感悟如传说中的四照花光芒四射。渭水河边，"六国三丘何大统，千年一帝却巍峨。此游切念台湾岛，但愿回归克伏波"。骊山脚下，"华清水美浴君王，十里云含玉体香。事变马嵬余憾恨，长生博爱葬荒岗"。杨州古城，"瘦美西湖邀远客，巍峨宝塔俯轻舟。谁料兵家争霸地，普天灵物却风流"。西岭雪山，"寻游博见千秋雪，却少东吴万里船。温馨酒店情人满，为爱星灯又失眠"。且行且吟，怀古咏今，比类适宜。尤其是长城十三关，每一雄关的山水地貌，历史人文，总有画龙点睛之笔。紫荆关口，"鬼斧神功隘口生，紫荆风绕汉家城。峰峦万仞猿无路，鸟道千盘草隐兵"。娘子关上，"娘子关名逸史真，大唐公主系平巾。千军扼塞金戈枕，百步穿杨铁马巡"。贡嘎写景，竹海放歌，白帝怀古，游三峡，望夔门，攀赤甲，览眉州，登长城，观沧海，仿佛从诗中看到一幅幅真实亲切的三维图画，让人身临其境，目注心凝，浮想联翩。

二是赤诚乡心浓烈，缘情体物，铺展明快。"喜罩寒山履破晨，风邀六角杖倾身。情潜玉树追儿梦，水向新溪念故人。梅影香融三岭雪，仁心爱释一枝春。乡音最解游云意，入耳掀澜洗客尘。"年关即近，喜气洋洋，寒风卷雪，古稀游子，扶着竹杖，一早就踏上归乡之路，情不自禁地回忆起童年旧梦，潺潺的新溪流水还眷恋着那些可亲可敬的故人。缕缕梅香融入皑皑白雪，心中泛起浓浓的春意，文锋一转，乡音情深无限，一入耳就掀起阵阵洪涛洗尽一路的疲劳。《秋回故里》，"啼珠吐玉黄橙映，偃草低头驿岭昂。难得闲心翻稚气，乡亭醉学雁飞翔"。让露珠黄橙与枯草驿岭形成鲜明的对比，由此心情也发生微妙变化，童心不泯，陶然之余，似雁飞翔。乡情总能让古今诗人魂牵梦萦，蒲村的古宅、凉亭、灵溪、翠柏、米酒、茶楼、烤薯、来龙山、鹰嘴崖、古井坡、纸窟崖、碾子湾、竹笛坡、青杠岭、拱背桥等都凝于笔端，抚今追昔，情深一往。"东风捷足到湖边，绿影耕翻半亩田。白发探云寻旧梦，莺声绕树问尧天。"东风捷足到家乡湖边，早春的绿色悄悄地在心中流淌。"南岷雁阵白云边，欲与西林共紫烟。霞透蓝绸惊冷玉，香邀墨客上峰巅。清辉万顷危楼外，赤叶千山晚照前，一颗灵心留恋处，不知圆月已高悬。"南岷山雁阵白云，林山紫烟，霞光冷玉，菊花墨客，寄情于景，情景交融，相得益彰。《鹧鸪天·过柳溪小忆》："柳钓灵溪春未迟，花香燕舞影随移。半山霞曙追新梦，一阵清风忆旧时。过石路，向村西，小河击浪逞英姿，黄昏谁睡闲亭处？熟耳呼声却不知。"融情于景的变幻有许多精妙之处，浓浓的故乡情结悄无声息地植于读者之心。

三是捕捉精粹细节，见微知著，以一持万。"史载西充久旱深，城乡雨水贵如金。清渠自此灵心遣，幸福甘泉润古今。"紧扣西充水利事业发展变化之现实，欣赞时清海宴。白鹤观村脱贫，"扶贫干部进山村，务实潜声种富根"思想深邃，情感丰富，浩歌脱贫攻坚。"建筑砖工志力张，高楼拔地与天昂。填平补缺双边稳，抹角方棱六面光。职业单纯含哲理，凡尘复杂入非常。为人若是精同道，左右逢源两不伤。"建筑砖工来源于生活基层，但他寓于生动形象的哲理内涵，比物属事，离辞连类，识见清新，襟怀宏奥。螺丝钉及小草也是这样，"德泽流光一小螺，工程配件用途多。拴牢航母游深海，固紧飞船览瀚河"。"小草无心与世争，依山傍水泛葱菁。枯荣淡对千秋笑，得失渊含一死生。不计寒乡多寂寞，只因励志向元明。壮怀可比梅兰菊，笔下灵心写意成。"其诗不限于对事物的具体描写，用巧源于严谨的构思，让平淡的事物形象而生动地展示寓意，让写意与自然有机融合，凡而不俗，给人一种美的享受。

四是力求上乘真美，多姿多彩，精呈画卷。一本好的诗集如春江奔流之水，韵语竞情，含吐不露，似寻常语，于眼前景，寓弦外音，钩深致远。"一山秋色小桥融，水面无鳞玉镜充。白鹭归林追夕日，桂花香路绕城东。浓醇二两枯肠润，犬吠三声宅院空。不老星天游皓月，谁怜骨节痛寒风。"秋色、小桥、玉镜、白鹭、夕阳、浓醇、皓月、犬吠画面自然舒展，却以"谁怜骨节痛寒风"戛然而止，让人思索万千。《青玉案·牛年元宵夜》，"元宵火树银花耀，巨龙舞、花灯照，红雨随心飞九道。长街五彩，八方欢笑，彻夜人流浩。美人抛眼温馨妙，车载英姿月光俏。览景归来情未了，又来奇想，空巢谁晓。酒问人何老"。在描绘牛年元宵热闹夜景的同时，揭示了空巢老人的内心世界。"生来不怕雪霜侵，敢向灵霄咏凤吟。野岭追峰驯乱石，天根骨硬斗寒心。蔡公帛纸浑身碎，谋圣箫声一计深。四杰余光辉晚节，老夫何别问升沉。"咏物言志，前两联凸显物象浩然之气，尾联则笔锋一转，挥洒豪情，用"老夫何别问升沉"展示了乐观主义的心态和敢于与命运抗争的气魄。"蹒跚仄杖欲修身，借道唐天倍觉珍。笔下飞龙程万里，胸怀美溢岭千春。虚名自古何曾旧，岁月而今世事新。小草一生多骨气，北风倾泻不称臣。"虚实相生，动静相映，以"北风倾泻不称臣"染神刻骨，把生活中平凡的小草，陶化为艺术的精灵，熔炼成情感之魂，这才是真正的诗。情致幽深，别具一格，让人顿悟，余味流连。在剪冰裁雪与精灵争鸣里，博奥的哲理诗语既让人得到美的享受，又净化了人们的精神世界。"房檐底下大将军，结网排兵昼夜勤。威武双眸窥阵地，神奇八腿测风云。千丝楼捆飞来客，一口鲸吞误入君，远近蝇蚊皆灭迹，原由此物建功勋。"虽然是生活中微不足道的小景物，却能寓含新颖，善于探赜钩深。

　　其实，蒲俊学诗的时间并不算长，但是几年下来，却积累了数千首之多。本次选编的千首作品仅是他近几年凝其浓墨，直抒情怀之一斑。早在童年时期，蒲俊就梦想能插上古典诗词的翅膀，因遇特殊时代，父亲是走资派，仅上了三个月初中就被迫辍学。但他并没有因此终止学习的脚步，而是利用业余时间，自考了汉语言文学专业。退休后，为圆童梦，重拾诗笔，担任了西充县诗词学会和县国学学会副会长，并加入了中华诗词学会、省市诗词学会及其他重要诗社。但愿我这位乡友、诗友把这些仅仅当作起步，正如他在《立夏初晴》一诗中描述的那样："归鸟流云自来去，夕阳还钓老愚翁。"

何云春

2023 年 7 月 20 日

　　（何云春，男，1953 年 3 月，四川西充人，中央国家机关退休，先后担任中华诗词学会学术部和编著中心副主任，中华诗词学会第四届常务理事，中央电视台《时代楷模》诗词创作组负责人，国家税务总局诗书研究会副会长，中华诗词发展基金会副理事长，野草诗社常务副理事长，玉南诗书画社社长，玉坛诗书画苑、玉寿文化艺术苑院长，北京作家协会会员，光明网"中华优秀传统文化传播专家委员会专家委员"，其小说、诗歌、散文、报告文学、影视剧本和话剧剧本等作品多次获奖）

●●●●●● 目 录

6

一、大好河山

游峨眉

冬至峨眉赏海霞，风寒树瘦未飞花。
怡心又伴登高涌，德句方随妙境华。
影落灵溪霜鬓乱，步停松殿嗓音沙。
夕阳莫唱怀归曲，静夜无杯切念家。
（原载《星星诗词》，2022 年第 3 期）

登峨眉金顶

金顶初晨拾级登，不知云海可飞升。
灵犀一点吟怀涌，霸气千钧会意称。
白发悠游情未了，秋风恬旷句尤澄。
虔诚佛语轻声问，我在天穹第几层？

夏游峨眉

盛夏峨眉远暑烟，幽林曲径向云巅。
万千古木遮灵庙，百十顽猴戏水天。
金顶初晨霞日美，普贤垂晚爽风妍。
畅游小坐多余想，疑似瑶池此地迁。

金顶晨游

梦里穷迷一海天，交如金顶紫云烟。

晨风跃马山邀雾，旭日飞光影拥巅。

万丈悬崖添妙境，几尊玄佛润心田。

莫言催步黎明早，总有游人走在前。

金堂八景

（一）石城云顶

雄关不许猿偷渡，鼓角排空八柱巅。

隘口幽搜元宋迹，沱江放朗古今篇。

争流碧水成三峡，送暖东风绕九川。

驻足回眸多少景，攒环云顶一尧天。

（二）五凤溪古镇

一桨渔歌梦里来，半城江水为君开。

群峰写志擎霄汉，五凤朝阳绕阁台。

紫气通灵仙客慕，凌波博妙柳烟裁。

是谁点绘金堂景，惹得繁星眨眼猜。

（三）三江夜宴

三江夜宴舌尖馐，半岛风光视觉酬。

明月争流环赵镇，锦城观景倚戈楼。

咏怀酒载梅林味，约友歌追水上舟。

画舫温泉游晓色，不知多少步难休。

（四） 金山远眺

茅庵道士早成仙，得取林丘第一巅。
从此金山亲冷月，相随义志俯平川。
云峰日出蓝如碧，江水霞潜赤带嫣。
入夜星光邀远眺，万家灯火竞无眠。

（五） 梨溪吟雪

是谁交派信风遨，一夜梨溪万树花。
好似苍穹飞雪舞，迩来江水引毫夸。
杜康炽酿三乡酒，幸福潜移百姓家。
莫问斜阳何奋翼，只因骚客慕红霞。

（六） 泉湾放眼

白马灵溪景色新，官仓大写一湖春。
浪飞天际云霞洗，地涌氡泉宿病泯。
放眼闲情收憬阁，与时宏志振精神。
鸟衔祥瑞黄昏晚，明月流连戏水人。

（七） 龚岭逸居

谁家宅院倚奇山？宛比文鳞饰佩环。
入画于兹开视野，凭栏涌忆向云关。
福临民宿沱江碧，翘驻仙居齿岁还。
寄适淮州人永寿，慕名天女嫁凡间。

（八） 橘乡飞歌

透甲香橙久慕名，娱游幸品口涎惊。
问何独得瑶池味，道是天成物语情。
一岭红光云宇接，三溪碧水朗然生。

余晖喜把沱江染，紫气东来玉笛横。

洞庭怀古

八百烟波钓晚霞，孤峰入画隐仙家。

潇湘北水蓝天纳，云梦东山翠色嘉。

步履灵湖心似镜，风停偃月碧生芭。

岳阳楼记回头信，物喜人悲四照花。

川西第一湖（二首）

（一）

小闲湖岸赏桃花，细柳春风暖意嘉。

十里光含杨慎味，三桥水纳锦城霞。

影余丽泽楹联幻，目送龟山鸟远遐。

阁殿书文延驻足，云情入化后人夸。

（二）

古墙亭榭味尤殊，光禄宗师幸桂湖。

笔下乡情弘博奥，云头凤彩似宏图。

谁描一水仙心阔，岂释千年别意孤。

尽管蓉城时日短，偷闲却得久怡愉。

三峡游

大江穿峡一惊龙，博得巫山十二峰。

神女天姿邀远客，诗城毓秀识唐踪。

云关白帝托孤庙，剑壁西陵拍岸钟。

极目南津铜拱坝，万街灯火水陶熔。

春游窦圌山

窦圌春晓绿光娇，俊鸟争鸣下九霄。
石挺云天元一剑，步环山路紫千绡。
涪江水碧游人绕，寺庙烟香佛语飘。
日照猿门余瘦影，甲辰搜奥岂零凋。

华山放歌二首

（一）

秦岭洪元西岳山，青云倚石未曾闲。
三方绝壁猿无路，万仞垠崖玉戚颜。
仰顶悬梯凌碧宇，啸吟天籁越雄关。
得游酬志灵犀点，梦里生风与日攀。

（二）

石井莲花梦里开，为追幻影此山来。
三峰互利松涛吼，千仞成梯履险猜。
玉女余香环索道，苍龙卧岭向天垓。
悬崖峭壁风回响，一念争奇胆愿哉。

西岭咏怀

雪峰回首玉鸿蒙，黑水弯环去了东。
遥忆阴平多逸事，岂知阿斗失龙宫。
千年蜀国浮云散，一代忠臣奋翼终。

岭上清新尘俗远，密林无泪却飞红。

李渡寻径

冷冽焉能困瘦身，梅香早已报时春。
嘉陵一水眸清澈，李渡千村燕自巡。
向慕渔舟情匠化，搜寻径趣步尤频。
不知红雨开何日，可托闲云示旧人。

西昌邛海

邛海光天不染尘，洪元淡水养方人。
三山宝树林涛涌，一岛仙禽玉镜巡。
北岸渔村清透底，西波鹤影画含新。
醉虾老酒闲云远，借道搜幽更写神。

仲春成都

窄巷宽街一洞天，万千佳景伴平川。
望江翠竹薛笺释，石堰铜堤父子诠。
杜甫草堂诗圣史，武侯祠宇卧龙篇。
金沙馆博声云浩，借道青城拜谪仙。

季春游潼关

潼关帝迹季春游，岭举闲云远客酬。
放旷孤城含博奥，渊泓二水润灵丘。
秦川八百平湖尽，函谷千年逸史留。
汉武硝烟今可鉴，怡心促步向雕楼。

秋游骊山

骊山云树古心藏，妙博周秦与汉唐。
富矿温泉钩偃月，崇宏宝殿识明皇。
六河水润尘迷殁，一塔风吟夜未央。
百里秋光情自爽，微哦又逐雁飞翔。

酒城泸州

春风约我这边来，水月江阳可绝埃。
国窖飘香除俗意，乡音悦耳识瑶瑰。
千年石径钟楼绕，一碟黄粑旅宴开。
渌蚁渊含文化史，能知太白妙其哉。

春上白马寺庙

白马初春似劲阴，松风阵阵化龙吟。
一山梵刹含天地，三殿香烟绕古今。
皓月难留垂暮影，清流可识少年音。
峰头未解愁云惑，庙里虔诚允顺心。

西岳太华山

飞龙力挺渭南山，八百秦川一险关。
鬼斧成精青壁里，天梯戏客白云间。
香环古刹铭钟鼎，步负西峰启笑颜。
极顶莲花开不败，黄河入海九连湾。

新都桂湖

春光约我到新都，仰属城墙涉桂湖。
水榭蓝天随世镜，升庵碧殿忆鸿儒。
廊桥曲径风吟雅，倩影龟山绿启途。
几朵游云情憾慨，状元流放事何殊。

大渡河

洪涛喷涌困英雄，大渡河边路已穷。
十万愁辜齐赴死，一家斩剐可昭忠？
战神祸起天人绝，小巷寒吟宿志终。
落日飞霞云外祭，毫尖击水伴悲风。

薛涛公园

九眼桥边冷翠驰，竹林幽掩薛涛祠。
陕西乡贯蓉城客，蜀地兼葭国色姿。
小彩浣溪能释义，大唐才女善吟诗。
纸笺因此名天下，引领江楼皓月驰。

春游咸阳

践履咸阳览渭河，风摇岸柳始皇歌。
金戈铁马硝烟尽，碧水龙鳞远客多。
六国三丘何大统，千年一帝却巍峨。
此游切念台湾岛，但愿回归克伏波。

西安兵马俑

土俑秦坑史事融，千年始帝自威风。
削平伯国河山定，建筑方城日月崇。
郡县收权于货币，文辞严格集人功。
虽然逸话纷云有，霸业谁能一大同。

西安大雁塔

慈恩古塔溯唐风，七级崇宏气势雄。
旅雁悠云人驿信，登楼望眼意穿穹。
几条滋水龙昂首，数代名都史载功。
宝阁雕花皇世忆，夕阳西下翠山红。

临潼行（二首）

（一）

消除绿码步尤轻，力索三秦路一程。
宝殿荔枝妃子笑，华清鸟翼月光惊。
莫言盛世歌声婉，却惹兵人乱世生。
几日临潼知逸史，开元入化却含荣。

（二）

临潼未到眼余光，信义游云绕大唐。
富引温泉流逸事，赚留墨宝挂厅堂。
范阳兵变私情尽，土洞生擒总统惶。
美女江山今古鉴，几多闲阁笑君王。

骊山华清池

华清水美浴君王，十里云含玉体香。
比翼双飞明月鉴，催诏百驿荔枝尝。
谁贪国色亲歌舞，自远朝纲种祸殃。
事变马嵬余憾恨，长生博爱葬荒岗。

十月扬州

诗心助我下扬州，菊节幽香两袖留。
瘦美西湖邀远客，巍峨宝塔俯轻舟。
船头靓女纤妍绝，柳岸人声溢沸稠。
谁料兵家争霸处，普天灵物却风流。

扬州个园

竹字分家用半边，扬州古有一奇篇。
青山绿水琼楼绕，曲径游廊彩石连。
富甲余光豪宅亮，声香竞秀景乡妍。
仙才八怪多姿色，酥手金风梦万千。

扬州史公祠

两株银杏守祠前，立地威严六百年。
古渡桥边青石道，缘盐路上史公烟。
金风赤叶萧萧落，秋水苍穹潋潋牵。
举目门楣人敬仰，扬州墨宝窈悠然。

南部八尔湖

潋滟湖波映绿洲，花香曲径小桥幽。
六亭廊阁迷云客，四面清光隐酒楼。
白鹭悠然成幻景，渔舟归港竞风流。
金风八尔无眠夜，万缕情丝织晚秋。

天池湖

春光养志步难休，柳绿桃红五彩稠。
湖上轻舟追白鹭，山头远影掩乡楼。
谁邀葱倩悠云近，风送啼声悦耳收。
暮日流连人未返，金波一碗月弦留。

游西岭雪山组诗

（一）西岭雪峰

炎光六月去云峰，白雪遮山却似冬。
碧水沱江千里远，源头九顶一苍茏。
南川暑气连天烈，西岭幽林冷气浓。
登上阴阳今古忆，锦城灯火独情钟。

（二）名人酒店

名人酒店五星花，竞逐嘉声旅客夸。
拔类厅堂多疗效，倚山泉洞泛游纱。
甘餐野味闲悠福，戏水仙梯洁似瑕。
半月龙钟童稚返，星灯入盏梦回家。

（三）花水湾

一水温馨洗路尘，山花待放旷怀新。
眸搜梦里成仙处，意释天边变幻因。
祛湿除风消病痛，清凉化暑健康身。
休闲又把龙梯戏，白发童心确似真。

（四）阴阳界

阴阳界上一云城，仿佛登临手可擎。
万里蓝天飞俊鸟，三山雪岭露峥嵘。
霞光沐浴幽林美，冷气腾升远客迎。
避暑携家人爽意，油然感悟百凡生。

（五）宿映雪酒店

索道来回越树巅，山头白雪映蓝天。
半腰气候幽云唤，一口灵湖玉镜悬。
偶雨忽晴童稚脸，穿裘解暑晚宵烟。
温馨酒店情人满，为爱星灯又失眠。

（六）鸳鸯湖

扶杖身临绿海边，山头薄雾淡云悬。
鸳鸯一水轻舟赏，索道三峰电缆牵。
西岭阴阳迟定界，黄鹂白鹭早成仙。
寻游博见千秋雪，怎少东吴万里船？

（七）西岭雪山写念

西岭山头问雪峰，炎光六月却如冬。
一心觅句承新景，十面含情念旧容。
诗圣当年游此处，鸟儿今日去遁踪。

夕阳负手何留别，万里云霞涌入胸。

（八）西岭中秋夜

西岭银峰鸟道长，云楼夏宿背微凉。
一壶欢伯寻天语，几缕香风伴月光。
欲眼随星何处往，抬头有意故山望。
中秋橘饼纯乡味，却恨来时忘了装。

（九）西岭朗吟

雪山西岭古岚烟，索道凌云欲触天。
水碧鸳鸯心荡漾，风斜井树路蜿蜒。
阴阳界上通幽境，日月池边近法缘。
义海霞光多变幻，一游方觉越千年。

春游江油

春闲信步去江油，太白碑林暖意稠。
九曲诗肠寻圣迹，一元心义上云楼。
窦圌七彩灵犀约，箭竹三休酒里流。
万丈豪情程路绕，谢公云履不需求。

江油太白楼

追风信步到江油，雨后虹桥七彩悠。
绿约芙蓉扶竹杖，情牵雅意上高楼。
慈云妙解三生锁，浊酒烟消一路愁，
浩宇仙心人自醉，追寻太白不回头。

冬游江油

江油驿道觅诗仙，日暖梅香玉岭绵。
绿水千秋环福地，文明一脉接云巅。
楼台太白兰章在，俊客丹青镜史迁。
无限情深云彩处，几群时鸟绕唐天。

白帝城

子阳城外大江来，万古瞿塘鬼斧开，
浪拍悬峰惊旅鸟，船飞峭壁绝荒莱。
彩霞白帝诗仙路，神女巫山驿道台。
百里风光今入画，传奇故事费心猜。

九寨黄龙寺

谁将玛瑙赠人间，五彩黄龙碧玉潺。
客鸟襟怀吞浩宇，丹霞叠瀑泻泉湾。
金秋雪影千年绝，暮色斜阳九寨关。
一日云游人幻想，森林峡谷尔非闲。

窦圌山（二首）

（一）

惯于涉险窦圌临，俊鸟穿林向客吟。
千丈云渊洪韵起，半身盐水地图侵。
唐时陡路游人远，盛世山峰紫气深。

莫问前头谁识径，壮怀曾是指南针。

（二）

炎光怎奈窦圐山，鸟道残烟峭壁蛮。
古树灵含千载梦，云岩寺守四层关。
一游未别花成果，久住皆因日少闲。
幸得雄心扶瘦骨，清风细语助升攀。

港珠澳大桥

千年海际变通途，港澳虹桥五彩殊。
万栋云楼宏气宇，一江春水绕罗湖。
初心再迈长征步，励志精描致富图。
今日明珠金口岸，百年追梦九州瑜。

春上青城山（二首）

（一）

朝霞四溢染峰峦，叠翠倾城晓雾寒。
一缕穿林心化雨，几声钟梵梦书丹。
小桥明澈邀飞鸟，古道幽深泻历澜。
欲向天师求贝树，钦崇可否得平安。

（二）

探求贝叶夜无眠，步向青城紫宇巅。
浅淀焉知人俗世，深精可解妙微烟。
天师道观穷根本，太极丹图解习缘。
文化宣源多少代，莫言无欲可成仙。

青城放歌

四野晴开紫燕梭，晨曦发梦借天河。

追风柳岸游云少，觅景灵心妙句多。

道庙方能人德化，都江堰埂石吞波。

畅游三月青城好，一路乡音一路歌。

嘉陵江（二首）

（一）

陵江似带玉峰环，驿道崎岖十八弯。

李渡浮云留客鸟，青居火树赛红颜。

离群白发归来晚，旅枕乡心寄养闲。

世外桃源多少梦，醒来特别忆乡山。

（二）

闲悠早景向斑斓，驻水由勤已识山。

博奥牵眸常困惑，怡情入笔偶贫艰。

天成四季多时变，心纳千文有节删。

玉露余含春草意，夕阳西下染乡关。

嘉陵江东坝

追风负步向灵洲，绿色翻波百里悠。

几片闲云桃蕊约，一潭明玉瘦身酬。

柳林玄鸟裁嘉景，坝上游人驾小舟。

寂寞孤怀江水寄，半船乡语朗春秋。

春游白帝城

江涛拍岸吼雷生，白帝晨霞万古情。
两岸乔林遮驿道，一群游客向山营。
高天放目流云远，烟阁烹茶暮日争。
十面春光何处寄，托孤寻渡去诗城。

夜宿窦禅寺

云山古刹夜安身，百鸟归林吵可嗔。
寺里香烟窗外雨，灯前幻境枕边人。
不知烛泪三更泣，却晓晨光一岭巡。
促步寻春风劲峭，峰头绿色笑颜新。

剑门关

危峰兀立剑门关，鬼斧神工草赋闲。
古蜀千秋成砥柱，诗仙一笔壮名山。
碉楼鸟道游人绕，石笋兵刀战鼓环。
暮色攀登犹放眼，嘉陵碧水七弦弯。

嘉陵江始春

云龙万里始春时，一水东流觅小诗。
野渡渔舟人不见，果州烟火鸟先知。
风吟两袖香犹在，鹭舞三山树默移。
伫步嘉陵寻旧景，千年白塔等闲窥。

梵净山

云飞梵净隐高楼，仄杖峰头识贵州。
百里武陵山脉壮，千年古寺佛光稠。
清风沸涌乾坤事，俊鸟争鸣草木秋。
江口奔流邀白发，朗心催步驭轻舟。

果城兴咏

兔年两度果城游，前值春天后近秋。
江水东流飞白鹭，小城西去绕书楼。
晨曦抹塔闲云远，夕日轮钩倒影留。
熟与诗朋江上客，茗柯云沸月回头。

临潼兵马俑

兵马余歌一统功，鲸吞列国古枭雄。
骊山坚守千家冢，渭水流连六代宫。
促步追原搜逸史，怡心入画索清风。
伤离九月今曾忆，项羽摧烧帝制终。

玉华寺

云池绽放白莲花，教义钟声九宇遐。
御笔千秋青石载，香台万代史书夸。
五峰竞秀风争奋，百福余光客举家。
古刹虔诚人净化，修心透彻出忠嘉。

五台山感咏

五台山寺白云翻，佛语晨钟瑰博延。
古井渊含隋代露，庙碑镌刻大唐烟。
清尘志向藏经殿，悟道情关爱国篇。
供奉伽蓝人德化，香风万载铸勋贤。

龙翔寺

南朝寺院大罗山，卓朗经书不一般。
宝殿三方临海阔，神灯六盏伴春还。
高僧静德恢宏启，妙老禅师广博关。
无欲韵钟邀远客，佛光香火动容颜。

龙翔寺咏怀

古寺龙翔近海边，南朝始建越千年。
五方村守桥场镇，四小山含景瑞烟。
风送钟声弘佛义，云邀远客树诚虔。
别尘圣地何如许，一盏明灯厚德诠。

春登泰山

泰岳光名步履欢，欲收佳景手扶栏。
蟠胸有墨乾坤小，瘦骨无成岁月殚。
一首搜吟追凤影，几天耕植绿花坛。
悦心今又随风去，可惜峰头路不宽。

过秦岭

南北山河一岭成，云烟蜀道向蓉城。
三雄逐鹿多酣战，五伐休谋少劲兵。
剑阁崔巍江畔险，阴平妙渡固宫惊。
春光慨忆千年事，月下湖光却不平。

船去石头城

万里长江大海奔，洞穿三峡壮夔门。
诗城白帝霞光好，楚地渔乡美味尊。
逐景争回神女事，敲吟会解蜀云恩。
船头极目怡心远，欲解金陵六帝魂。

秋上黄河壶口

九曲黄河万里延，得闲壶口阖家牵。
洪涛拍岸惊云宇，博奥灵心泻润篇。
信手方知秋及早，豪情识会景光先。
云游驻足金风爽，又与清吟驭亘天。

莆田工艺城

莆田日泽神工匠，七彩长廊照市乡。
龙眼木雕赢国誉，银装玉琢载华章。
三山福鹤仙姿舞，四海灵童竹笛扬。
沁肺闽风关不住，人文入画万花香。

莆田根雕

虬根错节自然功，细琢精雕活寿翁。
欲问仙人何处去，原来醉眼是闽风。
（中华诗词优秀奖）

京城北海

一面灵湖接亘天，皇楼岸柳启游船。
多情喜鹊繁枝绕，寡语乡矛故事绵。
息坐银屏多旧趣，情怀石壁似新篇。
瀛台欲眼飞南海，没有东风也往前。

京城咏怀

幸宿京城总失眠，人文历史入诗笺。
行云眼览中南水，扶杖胸装北口天。
意黯瀛台名古圣，情豪皇景赞今贤。
广场留念心澎湃，可惜银鹰即返川。

故宫

宝殿精工绝技穷，辉煌大气世堪雄。
祥龙问古书天宇，朱帝观穿建故宫。
黄瓦红璃驰走兽，青砖白玉照仙童。
勤劳智慧谁能比，华夏文明七彩虹。

天籁长箫

家国情怀大会堂，登台领奖泪双行。
皇城圣地欣怡意，北口雕楼定战场。
一马驰云追雅韵，千山暖日送霞光。
悠闲问道珠峰路，天籁风清傲骨狂。

白帝城释疑

白帝曾游太白仙，金风唱响大唐篇。
客轮去海江涛涌，巫峡回头妙语连。
神女平湖梳玉镜，葛洲铁坝锁江烟。
释疑欲问蟾宫月，谁许遨龙下九天。

游三峡

谁遣青龙白帝边，山吟水啸数千年。
巫峰未近帘先卷，坝锁闲云浪锁天。

攀枝花市

吐花都市二龙牵，四季清香透九天。
雨送木棉飞马跃，风摇影树凤凰翩。
笑霜三角倾情绽，斗雪千梧畅意绵。
野渡因何仙景赐，一城康养入诗篇。

鼓锤福村

鼓锤邛崃一福村，幽山古柏卫祠门。
云烟不筑凡尘梦，诗赋偏吟净界魂。
庙宇鸣钟追往事，黎民拜佛佑家坤。
高僧正法吾欢会，别语灵心种善根。

长城十三关

长城万里十三巅，山海黄崖近水天。
步履居庸烽火望，紫荆倒马剑光连。
平型报捷偏头助，娘子余威杀虎前。
嘉峪玉门飞旅雁，阳关一出恋炊烟。

第一 山海关

第一雄关渤海边，波涛万里拨琴弦。
分清黑土平川水，巧约灵峰泰岳烟。
兵守国门呈壮举，民耕井圃富尧天。
藩王动怒风云涌，多少余光载史篇。

第二 黄崖关

黄崖峻岭向苍穹，彩练岚烟上古同。
据险天津时局稳，交锋垛口野花红。
战梯箭哨威严在，少保精雕霸气融。
草木含情梳往事，风翻绿海史争雄。

第三 居庸关

天人合力一关昂，猛士居庸镇八方。

龙虎南台烽火旺，河山北塞战旗扬。

泰时驿道无闲客，今日回峰有古墙。

此地原何多峭险，流迁故事白云藏。

第四　紫荆关

鬼斧神功隘口生，紫荆风绕汉家城。

峰峦万仞猿无路，鸟道千盘草隐兵。

落日邀霞谁识意，啼声索句岭含情。

戍楼高处游云远，喜得清流唱古声。

第五　倒马关

号角惊天倒马丘，谷陵山寨豹篇留。

延朝据守金人惧，险道通衢势局酬。

十八云峰多旧梦，万千时杰竞风流。

灵王赵武浮雕处，一派深情国运猷。

第六　平型关

平型隘口古雄关，抗日扬名震海寰。

帝国侵凌离合恨，偏军亮剑死生艰。

隐兵草木硝烟远，纳步云峰热泪还。

难得吟声邀远客，灵丘史话笔非闲。

第七　偏头关

黄河入晋有诗篇，拍岸通衢百里烟。

土建偏头连隘口，石梯烽堡接云天。

黑驼东仰边墙古，紫寨西低气势绵。

青瓦砖楼多慨忆，星光不忘枕戈眠。

第八　雁门关

忻州隘角白云闲，九塞兵家唱凯还。
垦植安疆除劲敌，抗日报捷壮恒山。
六条玉带临隆绕，十万天鹅野岭攀。
逸事流连生慨忆，天成第一雁门关。

第九　娘子关

娘子关名逸史真，大唐公主系平巾。
千军扼塞金戈枕，百步穿杨铁马巡。
抗日桃河如赤带，餐英鱼宴可修身。
旅游今换新天地，数九严冬却似春。

第十　杀虎口

晋西琼立一雄关，战火曾烧鸟道间。
杀虎余威兵乱苦，游民失所度时艰。
危峰寨口连千垛，发水苍头入九弯。
汉雨胡云今已古，熏鸡饺子客悠闲。

第十一　嘉峪关

汉家神箭射天狼，雪映山关万里光。
唐代通商云月送，灵湖牧马颂歌扬。
笛横塞北悠寒夜，客驻疆南赛故乡。
嘉峪绿涛随日远，河西垦地枣花香。

第十二　阳关

阳关驿道客如梭，一入方知景郁峨。
古董滩头流故事，敦煌壁画约金波。
清诗莫问晴天少，热泪今因暖语多。

几里长街名小吃，手抓羊肉向云歌。

第十三　玉门关

丝绸鉴证玉门关，羌笛悠悠万里山。
边塞诗人随古去，胡杨绿水约春还。
酒泉客逐敦煌梦，旧址风清赤日寰。
谁在沙州描七彩，大唐之涣白云间。

登果城西山

石径幽深向九天，金风拄杖步悠然。
晨光似箭穿凡木，白鹭随林绕紫烟。
云淡山高心致化，枫红菊紫梦犹牵。
重阳韵宇秋江水，从不回头恋玉渊。

再游都江堰

水绿青城福万家，千秋伟业世人夸。
登临总把苍天问，多少工程豆腐渣！

康家垭红军村

远山环抱一村间，客鸟翔云向太虚。
十万工农追伟志，成千子弟绝乡书。
满门忠烈三兄妹，百战沙场九族如。
红色基因人迭继，精神不朽志昌舒。

张飞庙

阆中江水古城东,绿掩红墙驿道通。
翼德雕楼明月照,奎星庙里晓钟融。
大桥浩气谁人撼,半世英名岂是崇。
一上当年文武殿,几多心语忆归忠。

阆中烈士园

红色陵园火炬燃,崔巍可比白云巅。
清明细雨心虽困,气节修诚志却绵。
手捧鲜花含客泪,低头隐默忆时贤。
忠魂不朽青山伴,多少游人跪面前。

(原载光明网,2023 年 4 月 4 日)

半月台咏怀

半月秋山接海烟,四君游此结良缘。
抚琴对盏云松动,咏律升歌泰岳翩。
古迹论交清冽味,新元妙续梦华篇。
千林滴翠浮龙碧,纪颂瑶池单县天。

剑门关

剑阁峥嵘耸地标,云官疑是箭头翘。
三千墨客流芳句,七十余峰对酒瓢。
眼钓嘉陵风作饵,诗飞笔架雾臻桥。
逍遥畅意天门近,万古雄关鬼斧雕。

南充白塔

东风约我步江边，白塔深情旧梦牵。
紫气回环生幻境，青流挽近忆童年。
南来野鹭闲云伴，北往游人日夕缠。
负手搜寻微妙处，头茶一碗自悠然。

眉州诗二首

（一）

眉州日暖早飞霞，第一人文举世夸。
百赋敲吟唐宋史，三苏绽放霸王花。
岷峨进士千秋果，岁月山光万载葩。
杰地怡游今驻足，不知西岭夕烟斜。

（二）

蜀地眉山半日程，千年古迹朗吟生。
三苏妙墨园林美，一句豪文赤壁惊。
义气能吞东海水，微官敢发济时声。
大江东去新潮起，浪洗灵心久不平。

瞿塘峡（二首）

（一）

瞿塘峡口紫云翔，东去夔门故事长。
蜀帝托孤三鼎立，诗仙得句万山昂。
峰头可览千关险，笔下方知一水狂。

虎啸猿啼今已远，平湖大坝铸辉煌。

（二）

顺道瞿塘子夜时，船灯摇影指归期。

刚随楚地云峰峻，却赏川山皓月奇。

白露沾巾惊旧梦，星光入眼觅新姿。

巫风已鼓窗帘舞，浪拍平湖一首诗。

夜游三峡

大江东去是何年？拍岸惊涛万里烟。

太古星河三峡共，方今水电百城连。

瞿塘白帝逍遥客，神女巫山别样天。

遍地人文同国步，游轮夜发楚云巅。

船过夔门（二首）

（一）

大江倾泻向夔门，白帝晨风一路奔。

千古雄关烟料峭，万年云水浪喧嚣。

瞿塘绝壁神工匠，赤甲银峰浩宇魂。

出峡怡心飞汉口，晴川阁里品黄昏。

（二）

太白清吟北海尊，顺舟晨旦下夔门。

深情尽醉川江景，淡墨争知蜀国痕。

神女峰峦无雨雾，惊涛拥树见云村。

平湖筑坝蓝天绘，汉口香风一口吞。

都江堰

陡峭岷峰古雪来，都江可灭八方灾。
二王慧力灵犀指，百载湍洪福地开。
鱼嘴金堤功盖世，川西富足水生财。
千年庙宇云慷慨，鼻祖工程举世才。

重庆咏怀

三江拱绕一山城，麻辣风香皓爽生。
近水云楼超玉宇，交衢运口向繁荣。
大街五彩佳人绘，小巷千门事酒争。
夜有烟花巡妙水，杯斟暖语共天明。

暑假上海游

万古巫山守蜀川，方船顺道峡门穿。
一程水路三千里，百里吴淞十四天。
大厦青云连浩宇，浦江银浪笑洋烟。
外滩沪语临边国，脸上温馨若自然。

重上岳阳楼（二首）

（一）

借得湖光说古今，洞庭烟雨忆浮沉。
依栏梦对君山恋，负手云开驿道寻。
此处来回何驻步，那时悲喜总关心。

千年博奥风声里，熟耳谁知画外音。

（二）

金波畅饮即疏狂，习惯云游忆故乡。
自古勤精何服软，凋年骨瘦梦偏昂。
希文妙语堪回首，俊杰灵心岂怒张。
寻道因缘千里路，一楼风景慰斜阳。

合川钓鱼城（二首）

（一）

昔日蒙哥命也哉，迷留逸史费人猜。
身临古迹悬犹解，实考浮烟句自开。
不逐三江流水去，偏邀万物岁光来。
折鞭莫问攻城事，地利天时鉴此台。

（二）

今临仿佛见余烟，江水凄风诉旧年。
会鼓蒙哥头祭祖，回旗铁马血鸣鞭。
八门偃武临安灭，七处严墙命运诠。
战役流芳名载史，守城精典可深研。

沱牌镇花海

一眸芳卉悦心明，百里香风绕古城。
绿草如人勾旧梦，春茶似酒助新程。
花仙舞动天姿色，鸟语灵通国学声。
小镇缘何多焕景，金波酿出锦云平。

蜀南竹海

天然竹海晚披霞，万里仙姿绝世花。
瀑布灵湖元一体，人文峻岭客千家。
追峰五百菁幽著，入目三山介节夸。
四景休闲情悟悦，庭坚笔下有昌遐。

蜀南夏游

欲得名原蜀道宜，清晖竹海绿光驰。
谁移美景纤成幻，独享寻幽妙在脾。
寓洞千年仙貌绝，飞泉半壁幕帷奇。
青山十里游云客，富氧修身暮岁宜。

蜀南仙寓洞

寓洞凌虚意境高，脚边云海自成涛。
天开万岭灵山翠，地拥千泉绿水翱。
嫩竹盎然明锦绣，龙吟入画竞风骚。
一游惜玉多遐想，步子尤轻冷隽髦。

夏日剑门

莫言陡峭就徘徊，剑阁天门向我开。
七尺男儿何畏怯，千年驿道有诗台。
苍穹一缕闲云伴，峻壁盈烟客鸟裁。
几度斜阳生逸举，清风入画与时来。

壬寅游泰山

有幸秋登泰岳巅，雄峰日出化松烟。
佛光开胃怡心远，云海环林夕照诠。
比际方知天地事，搜吟独享古今篇。
封禅六帝谁成忆，十八灵盘玉岭延。

春登泰山

先登泰岳绿光驰，意缚春蚕吐尽丝。
千古唐风何给力，一山西夕亦多姿。
天然出语乾坤朗，地蕴吟哦岁月宜。
入景寻源人厚德，彩霞成句共于时。

三亚观海

码头宾馆向汪洋，万点机帆竞远方。
几朵闲云勾欲眼，一怀思念寄川冈。
心随海鸟天边尽，腹咏秋潮冷句狂。
且喜娱游多幸运，疫情报警速回乡。

八尔湖

八尔灵湖紫气生，和风拂面步尤轻。
纯阳十里春光绣，水韵三湾翠滴荣。
几朵悠云邀白鹭，一村红雨露峥嵘。
峰头举目诗心远，白发交赊向晚情。

九寨海子

园门禁足疫情哀，已有三年未及开。
五彩池边多旧恋，一溪海子似青苔。
鱼翔浅底游人忆，鸟举高天雅韵来。
野旷心清风致远，流连九寨步悠哉。

仙林牡丹园

富贵花开岂洛阳，仙林十里牡丹香。
黄蓝赤紫天姿色，日月乾坤凤彩章。
俊鸟低飞村圃恋，闲情驻足悦心翔。
是谁擘画农家景，逐梦时英返故乡。

金秋开封游

菊节登高焕景搜，丹黄欲掩古城头。
白云旅雁含元岭，碧玉龙亭伴酒楼。
几阵金风环府尹，二丝安步返灵眸。
开封逸事人怀久，一颗童心泗水流。

登长城

登临北口览高天，故事穿云几百年。
号角蹄声邀壮士，秋风叶脉会文贤。
一城镌刻峰烟史，万里含存御敌篇。
爱国情深人养志，夕阳西下步流连。

古楼红军指挥部

红军火种古楼燃，黑夜西充亮了天。
武旅旌旗惊旧政，僻乡农会问新权。
谨宣真理民心共，议购兵粮信义先。
小镇街头留史迹，今人默化育时贤。

登西山阁楼

斗转星移甲子秋，诗朋约我上高楼，
艰辛入梦三年困，暮岁随风万里悠。
遇事求圆如许是，翻篇苦学却无休。
余生若在凌云处，可释随然最自由。

华蓥山

怪石嶙峋一座山，渠江赐福玉斑斓。
烟环峭壑三千丈，日照奇峰万古颜。
红色基因留火树，青云俊志壮人寰。
悠然养德多光化，登顶陶然莫等闲。

冬日北碚

冬日嘉陵别样天，交游北碚向渝川。
一声船笛来江口，几片残云绕岭巅。
远客焉知城夜景，故人元约昨时烟。
只因防疫赊迟到，冷冽蹒跚小步前。

红旗水库

云村偃息养苍颜，春暖花香步柳湾。
水库何年宾馆建，小船今日客流闲。
心怡玉镜含天宇，嗓学莺啼越故山。
不尽新光聊自慰，清休石径可循环。

沈阳志愿军烈士陵园

苍山垂泪水悲鸣，烈士元身蕴奋争。
十万军人驱虎豹，百千忠骨感神明。
当年抗美寰球震，今日安康古国荣。
瞻仰丰碑弘伟业，基因续世与时生。

成都延驻

锦城延驻步非闲，不少高台未可攀。
杜甫诗情融草舍，孔明祠寺念祁山。
青羊喜览千家市，通惠源流半里湾。
偃月百花潭淡抹，东风一早唤溪潺。

老君山

老君山上白云翩，欲把西周史册研。
李耳清修宏道主，太宗宣赐刻峰巅。
伏牛天路南门绕，梦谷源头北殿连。
景室佳名飞四海，一游陈阅几千年。

仙踪楼

风来劝化路犹宽，不惧流言即永安。
乱叶翻飞黄蝶舞，小楼匡坐绿茶餐。
月光莫道杯深浅，会圣何虚水急湍。
自古人生多坎坷，仙踪余习是清欢。

晋云山茶亭

菊节登临爽曙开，晋云林密鸟争回。
含雄峭壁岚烟绕，倚棹渔舟碧水来。
千里嘉陵飞妙曲，一群茶客品仙胚。
清风写志情尤爽，白发青丝共啸台。

青居旧街

时鱼一跃季春开，千里陵江碧玉裁。
烟树青居谁义断，洪流电闸自天来。
风云有路邀归鸟，负手无程尽曝腮。
古镇长街人切念，晚山红日独徘徊。

黄桷树酒楼

西山斜日半江融，船笛争鸣小峡雄。
紫菊飞香环曲径，轻霜袭叶染丹枫。
鸟声悦耳金风送，化景流连欲眼充。
赚取怡心情未了，月光收入酒杯中。

春游华山

梦游西岳帝登临，峭险天梯凤鹤岑。
落雁岚光辉巨石，朝阳俊鸟驭烟林。
翠罗丹谷悠云远，铁索苍龙道院深。
跃上三峰擎浩宇，黄河九曲可搜吟。

广汉三星堆

三星灿烂宇寰惊，国宝辉煌古蜀荣。
未解鱼凫金杖问，难于赤象起源争。
几多文字何灵异，不尽牙雕伟妙生。
华夏奇珍天地共，一游开眼朗心成。

黄果树瀑布

金风引路瑞云回，果树遮峰鬼斧开。
瀑布银龙天际吼，灵山赤兽御河来。
无边翰墨丹枫染，一派清流夕照猜。
地貌鸿淳谁解意，横穿帘幕莫徘徊。

大江颂

浩宇奔流接八荒，天公鬼斧大江狂。
涛声欲破夔门壁，怒水潜惊白帝墙。
高峡平湖千古梦，银河向海九回肠。
极峰放眼初心烈，华夏追源几亿郎。

赤甲山秋望

高登赤甲九霞天，太白轻舟路八千。
两岸猿声呼啸绝，一张名片古今连。
浪飞鸟道岚烟洗，云俯夔门旧梦牵。
朗咏金风何驻足，瞿塘日夕景无边。

白帝啸咏

缘何白帝守江边？两岸惊涛次比天。
六宇云霞藏故事，一方关道护西川。
诗仙得句遐悠远，日彩余光啸咏延。
上古唐风歌盛世，点呼明月壮巴笺。

白帝金秋

霞飞赤甲一山金，蜀国名城菊节临。
眼览夔门开合处，云邀白帝往来禽。
江风总有流连意，宿习方知引动心。
莫问瞿塘千古事，几多烟雨旧痕深。

湖北崇阳大泉洞

崇阳幽径觅潜龙，鬼斧江南一洞封。
乳石银溪开眼界，迷宫照电辨虬踪。
天庭玉笋吟新曲，地下冰山击楚钟。
梦里喃言常品味，啼珠点滴汇泉淙。

重阳登晋云山

晋云秋色总多情，十里金光梦景生。
石径通天霞彩绕，桂香沁肺菊花争。
林深客鸟迟归树，峭险凉亭早有声。
把酒高登危阁处，上天灯火照山城。

秋上蚕豆山

蚕豆山高石径昂，晨光未退雾纱妆。
金风琢镜通灵意，白发悠歌入画廊。
鹭拍新林仙下嫁，心来妙句律高翔。
为何赋得飞鸿远，一把云梯问短长。

遂宁高峰山

岭野云闲白鹭巡，高峰旷载猎禽人。
追风凤迹幽林远，俯步新途旧景珍。
庙宇残留身外事，松涛约隐梦周亲。
天知岁月凡家短，佛佑安康几许真。

阆中张飞庙

桃园结义一村屠，骞舞蛇矛敌万夫。
潇爽丹心扶蜀帝，驰精妙计远凡愚。
悦欣长坂惊雷动，可惜甘眠卫士诛。
庙宇千年游远客，忠魂未了异乡孤。

川西行

新晴铁马向川西，惊蛰平原五彩萋。
金色菜花飞蛱蝶，绿油禾麦掩灵溪。
鸟吟谱写春光曲，墨戏高挥山水题。
午后乖孙来电话，锦城嘉宴炖头蹄。

郭沫若故居

南陵碧水唤春归，柳岸青纱透绿晖。
燕子精裁人杰地，闲云俯瞰小城围。
追香负步文豪仰，会意搜吟沫若威。
纵使沙湾无旧友，爽随蜂蝶入菲薇。

向阳中坝

三月嘉陵碧水流，向阳中坝荡轻舟。
头茶粟子江风共，笑语乡音友谊收。
佐酒焉知云北去，品诗才觉日西游。
余光莫恨来时少，醉得蹒跚又上楼。

龙泉驿桃园游

桃花万树染云冈，四面清风客鸟翔。
大道车鸣声鼎沸，灵溪水碧笑音扬。
绿环别墅浮春色，宴享农家品味香。
月色酬宾时日短，斜阳举意不回乡。

41

五月壶口

奔流德水孰何黄？壶口悬涛万马昂。

确喻雷声惊六宇，侦知瀑布裹千樟。

宜川月照云龙迹，吉县天成化景乡。

九曲回肠归渤海，一腔倾悦泻连冈。

四方山暑日

暑天闲访四方山，竹杖追风向上攀。

鸟道蜿蜒邀古柏，香烟萦绕问云关。

唐钟告送荣枯梦，井石犹存善恶颜。

不畏余光来日短，一游能把百愁删。

贡嘎山（三首）

（一）

剑壁千年贡嘎山，埏镕西蜀一冰颜。

花纹入石银峰动，大渡争流燕子环。

积雪能融阳暑气，游云可识海螺关。

登高幻化襟怀阔，康定情歌唱不完。

（二）

蜀山王者白云巅，好雪多情嫁自然。

燕子花岗千古载，海螺灵物万殊连。

雄姿飒爽居仙客，冷艳贞娴入史笺。

驻足天成时暑了，许人诗画夜无眠。

（三）

海螺幽谷夏邀凉，燕子冰川彩石妆。
探险登高元吉地，悠闲避暑上时芳。
宜居步识仙云景，附旅诗收古雪光。
贡嘎天游康定曲，老夫聊尔少年狂。

广元皇泽寺（二首）

（一）

广元曾曲女皇祠，泽寺垂恩入帝基。
激励农耕千室富，赡宏水利八川宜。
功谋妙计除奸佞，帝业光昌载月眉。
墓地虽然碑倬立，未留一字古今谜。

（二）

绝代才人始女皇，武周虽立却归唐。
昌繁十五经年史，偿垦三千炽富乡。
水利农耕民福祉，善权名治国辽疆。
是非无字坟碑叙，纳入春秋梦一场。

风波亭（二首）

（一）

忍性含冤顺俯躬，精诚报国一元忠。
丹心义烈驱胡羯，正气昂然斥奸雄。
傲死莫须何罪有，休存赤县满江红。
时英热血山河泪，史载千秋万众崇。

（二）

怒发吟怀啸九天，精忠报国舍身先，
金人丧胆望风遁，奸佞专权息马怜。
血染朱仙何逸事，殒颠西子得兰篇。
云游又把时英忆，一统河山在眼前。

武侯祠（二首）

（一）

武侯祠堂位锦城，名家泼墨宅门荣。
汉砖岁月含宏志，印迹巴川显赤诚，
不问君臣天下议，怎知烟雨卵危生。
祁山毁了皇孤托，史实而今有待评。

（二）

蜀国经年故事多，锦城余迹卧龙歌。
坟前小草含春色，殿宇楹联引泪波。
三顾滋生天下策，两朝同制政明科。
谁知北伐祁山阻，可惜魂归五丈坡。

营口西炮台

辽河入口路衢开，糯米夯成古炮台。
一海惊涛翻故事，几多军舰断眠桅。
云含战史群英烈，客问今时碧血崔。
许国情怀天地祭，当年铁锈几人哀。

喜峰口

一上长城气自豪，怡心激越古风骚。

秦时皓月雄关照，盛世神舟奥宇遨。

山海玉门云万里，香江德水岸千涛。

经年往事高天写，隘口游人赞大刀。

卢沟桥（二首）

（一）

永定新流忆宛平，当年事变宇寰惊。

石狮目睹硝烟史，壮士心怀殉国情。

一把大刀彰气节，九州云壤助雄兵。

贞艰抗战乾坤烈，启示今人警笛鸣。

（二）

同胞四亿尽时英，何惧东倭贼胆生。

永定桥头狮怒吼，宛平军伍死拼争。

喜峰近战兴刀史，淞沪凡躯见义兵。

血雨腥风今已去，长城固守逝年情。

阆中江边小店

阆中牛肉美名扬，益德头衔八面光。

结队南龛回古镇，聚餐鲜味向新乡。

嘉陵绿水家山近，土特佳肴酒菜香。

一阵微风心自爽，江灯皓月柳含章。

苍溪红军渡

沂溯嘉陵觅史篇，交游圣地忆硝烟。
苍溪竞发长征步，渡口争锋塔子巅。
一代时英魂义烈，亿千民众志贞坚。
后人今走红军路，爱国基因育德贤。

巴中红色游

此去巴中夏日天，南龛绿水倍俨然。
步寻川陕红军路，笔问唐时太白仙。
先辈舍身成大业，新人立志铸尧年。
歌声笑语豪情涌，德化清风迈步前。

巴中南龛坡烈士陵园

工农革命拓先河，红色寻游故事多。
百里溪流盈碧血，万名儿女战龛坡。
今温历史新风蔚，久立陵园烈士歌。
昔日硝烟虽已去，人心净化可成科。

瞻旷继勋纪念馆

蓬溪肃默忆名贤，川陕欣怡信史篇。
百里苏区人奋勇，万寻峰火怒燔燃。
党旗一面开新宇，僻地千村破旧权。
红色基因成伟业，潜移德化入诗笺。

暑日光雾山

丹火燔燃光雾山，熏陶万树尽红颜。
几群旅雁云头绕，四面游人岭上环。
砣子餐英情感慨，宁神听曲水悠闲。
彭家大坝邀时鸟，饮涧宜居暑热删。

四方山

晨山雨洗八方荣，鸟举蓝天信步生。
几朵红霞心义约，一溪流水景祥成。
清风未断虚烦事，密树仍留漏滴声。
驻足凉亭星月近，金波莫与冷光争。

海口五公祠

五公祠外白云悠，幸识南端第一楼。
海瑞清廉名万代，东坡豪放咏千秋。
琼台福地收奇景，港口龙湾赏战舟。
步旅椰城无寂寞，涛声皓月酒香游。

大暑邛海寄怀

晨曦沉醉志疏狂，邛海无风念故乡。
一颗童心何服软，千寻热气却轩昂。
日光促步闲情淡，岁月催颜宿病猖。
大暑西昌云客驻，凉亭品茗润枯肠。

邛海夜雨

敲窗暴雨暑炎惊，梦驾凉风闪电争。

客枕雷声偏旷淡，人回稚岁最交明。

流光似水愁何解，傲骨搜吟事有成。

难得闲情今德化，童心对酒伴余生。

光雾山放歌

彭家坝子景娇娥，树密沟深客鸟多。

峭壁元形霞染叶，小溪佳巧水余歌。

时蔬入席肠陶洗，美酒盈怀步踟蹰。

避暑悠闲人自在，心舟似箭下巴河。

光雾山诗二首

（一）

雾山红叶雁初飞，许与携壶品妙微。

阵阵秋风开口笑，群群俊鸟绕云归。

奔波一路酬佳节，浮幻三湾恨落晖。

月下兼程情未了，汤锅牛肉味余稀。

（二）

莫言秋色逊熙春，季到重阳景曜人。

红叶犀燃云岭赤，周盈劲挺小村新。

畅游天路风含咏，概忆川江水似银。

难得清愁成博爱，自陶光雾一山真。

高峰古刹

高峰古刹佛光绵，拾级登临百化研。
老子金身贞柏隐，观音旷劫石雕诠。
半山鸟道游云客，一寺香烟释洁虔。
顶上炎风盐渍白，罗衫绘尽猎奇缘。

大石红海

红海沧波别样情，函邀夏日爽风生。
时珍一馆清囊识，凤舰三艘碧水争。
恋慕休闲康养地，陶欣运动旅游城。
石堤柳岸悠云笔，难绘蓬溪六月荣。

杨尚昆故里

灵溪碧水纳陵天，日月青山共颂贤。
稚乳文彰家国志，韶华剑铸岁时篇。
金戈铁马身先范，善策柔毫福祉牵。
俭朴凡生虽已去，却留廉洁润心田。

杨闇公烈士园

杨门自古出忠贤，小镇闇公入史篇。
割舌挖眸双手断，临刑淡定一心坚。
为民洒血浇乡土，爱国捐躯反旧权。
义死悲摧天地泣，凡身不朽伟峨然。

蓬溪宝梵寺

闲游宝梵问春烟，绿水青山古寺天。

燕子穿云邀瘦影，切情怡目向峰巅。

孤心催步霞光接，三殿飘香佛语虔。

更有清风滋肺腑，尘烦从此可勾迁。

沁园春·峨眉山

远古神州，鬼斧一峨，奇秀独天。览峰峦碧翠，海寰红日；林光寺宇，
金顶云烟。一线灵溪，顽猴调逗，多少欢声多少篇。涓流唱，旅尘随澈净，
厚德升攀。

怡心万里江川，眼惊电，风光欲比肩。似珠峰摘斗，泰峰沈壮；昆仑牧
马，浩宇飞船。又上峰巅，聆听天籁，呓情新吟幻翻。灵犀点，马良精微
绘，举世奇山。

水调歌头·秋游白帝城

狂荡一江水，梦里约青莲。雁衔金菊灵气，香透白云巅。跃上峰头宏
览，四面雄关倚险，瞿峡逐硝烟。脚下浩涛远，悬泻越千年。

眺清晓，追日际，入云巅。善收化景，山籁通会自成篇。秋咏夔门离
念，笔向诗城勾点，九夜竟无眠，偃月青竿钓，清古忆诗仙。（苏轼体）

一剪梅·冬日登栖凤

昨夜西风仍带香。玉岭枫红，菊蕊凌霜。悠然一树柚金黄，寒也云乡，
暖也云乡。

自古愁秋欲断肠。问酒何方，有岳高昂。登临悦目向风光，征雁飞翔，
可寄云章？

八声甘州·剑门

幸然天下第一雄关，峭壁入云巅。会同游古道，诸峰俯瞰，隘口含烟。两道山门威武，绿海纳晴川。紫气东来处，客鸟衔烟。

问察蜀云安在，绕缭群壑谷，万剑高悬。树名多怪石，城阁越千年。赞崔巍、览收秋色，得心光，朗啸九层天。儿时梦，此时倾叙，大气成篇。

鹧鸪天·米仓山

蝶叶燔燃照晚秋，米仓似画客流稠。步追吟鸟环林泽，水拨弦琴婉曲悠。

扶栈道，绕溪流。澄岚有景白云头。是谁又把余晖抹，月下兼程感慨留。

鹧鸪天·龙翔寺

古刹龙翔近海天，恢宏宝殿历朝延。心灯一盏人陶化，佛语千秋道义诠。

独净信，广凡缘。麟山圣地朗尧年。幽奇寺院风光美，香火余晖不一般。

定风波·五台山

佛语千年绕五台。远钟悠逸紫云开。宝殿佰夫虔切肃，诚拜，义心无欲德含怀。

罗汉多姿人甚慰，陶化，许容香火识英才。灵寺圣僧弘法脉，持敬，九寰四季朗吟来。（宴几道体）

二、桑梓情怀

百福寺朗月

百福寺边飞白鹭，千年古柏闹云天。
林深树密青遮地，水浅鱼翔绿掩川。
石寨城门回往事，香烟庙宇去尘缘。
银光泻路游仙界，墨客吟诗朗月圆。
（原载《星星诗词》，2017 年第 4 期）

故里月夜

青山皎月似良师，风笛虫琴万物痴。
石径最知翁意志，清溪更唱古诗词。
心中绿色滋枯木，眼里流星入旧时。
野岭春情无限好，云舟载我九天驰。
（原载《星星诗词》，2018 年第 2 期）

年末踏雪回乡

喜罩寒山履破晨，风邀六角杖倾身。
情潜玉树追儿梦，水向新溪念故人。
梅影香融三岭雪，仁心爱释一枝春。

乡音最解游云意，入耳掀澜洗客尘。

（原载《星星诗词》，2019 年第 3 期）

九日登粮斗山

秋凉树瘦客登场，寺庙钟声古道昂。
日叠石阶亲碧藓，人环台殿祷书香。
三山独见闲云远，百叶何遮柚子黄。
梵语灵心人小坐，乍然回首韵牵肠。

（原载《中华辞赋》，2020 年 10 月）

孟秋游莲湖

一湖仙子弄晴波，得意鱼儿戏绿萝。
水映廊桥人入画，香齐堤岸鸟余歌。
风炎难醒童头梦，月近易邀玉桂娥。
莫问伤秋今古事，凡心无欲少蹉跎。

（原载《星星诗词》，2020 年第 3 期）

秋回故里

赶前山菊接重阳，桂子凋零古道凉。
半壁泉溪添瘦影，一冈红叶话幽香。
啼珠吐玉黄橙映，偃草低头驿岭昂。
难得闲心翻稚气，乡亭醉学雁飞翔。

（原载《星星诗词》，2022 年春季刊）

游九龙潭

斜阳催步近深泓，入水身形暗自惊。
一脸皱波翻岁月，双肩瘦骨痛阴晴。
欲求时雨心怀润，却得龙潭暑热生。
半亩诗田何进垦，故山云鸟朗新声。

窦禅山

谯周故里窦禅山，寺庙林深紫气环。
佛化秋春人养善，情留岁月梦催颜。
一杯乳茗沉浮事，千古英雄胜败间。
旧客归来新习念，流溪小曲却余闲。

窦禅寺

寒山薄暮寺门阴，偃月挥钩钓玉林。
两侧禅房僧卧浅，三方古木鹭栖深。
温馨佛语滋真性，厚德虔诚费苦心。
欲宿只因无客栈，眉弯山路有乡音。

谯家洞

谁人绝壁紫云裁，石洞精深道奥开。
不尽飞星由此去，几多白发朗吟来。
细寻一路谯周影，敲问千年古镇槐。
坝上乡音多博妙，牛蹄往事费心猜。

跳蹬河

小村河水泛文澜，跳蹬灵桃亮话端。
硕果三山云俯念，林丘十里路优宽。
诗词感咏田园景，日月荣滋福祉安。
生态农庄多七彩，夏风弘朗一天欢。

蒲村系列（二十二首）

（一）凉亭

龙山树密掩天穹，陡径含宏朗劲风。
脚下灵溪洪福纳，堤边细柳佛光崇。
一亭闲客沉浮品，几对丝禽往返匆。
促膝倾谈家国事，乡音醉了白头翁。

（二）村童

乡风首拂归来客，乱了银丝惹犬声。
古柏擎天人显瘦，香花沁肺意余情。
问君老泪何如水，原是村童未识音。
驻足回眸搜旧影，流溪梦境自然生。

（三）灵溪

麻柳灵溪宅院前，马良难绘拱桥烟。
上千白鹭环云树，守一清岚接曙天。
水产时鱼方客至，人追翠鸟趣音诠。
学龄游泳童头忆，月下蛙潜快马先。

（四）古柏

临雍古柏倍温馨，茂树千年守帝青。

暑日追凉人忆念，乡情抚慰物含灵。

翠枝四季栖云鹭，氏族三亲耀凤庭。

浅稚焉知慈母爱，扇儿扇睡满天星。

（五）桥头

虎岭蒲村是故乡，高天古柏鹭飞翔。

晓来宅院金乌照，夕漏童声妙语彰。

襟韵灵开新世界，流溪影纳绿时芳。

桥头小店人潮涌，一碗沉浮纳月光。

（六）古宅

蒲家大院古逵东，白虎青龙四兽融。

清末雕花弘绝技，唐初植树问天穹。

石狮余武庭门阔，井水含元伟德崇。

高速通衢连九市，香风不断约云鸿。

（七）米酒

瑶池美味入农家，米酒蒲村史话嘉。

两袖余香迷久客，半瓢疗渴释琼葩。

配方窖养精成露，巧手恒温玉吸霞。

闹市糟坊曾挤破，一张名片走天涯。

（八）茶楼

夏日余晖染小桥，一楼乡语济繁销。

纳凉难得微风绕，体味常来白发飘。

流水蛙声成凤曲，山茶瓜子共良宵。

时髦盖碗人修雅，靓女川腔唱二乔。

（九）酒店

灵溪五月晚来风，坦步蒲村媚景融。
李子晕黄青叶少，香桃郁弗绿枝雄。
桥头酒店人声沸，席上拼盘卤味隆。
土产时蔬游客满，一瓢乡酿醉顽童。

（十）农家

农家院里菊芬芳，米酒乡音气宇昂。
绿水莲塘飞野鹜，柏油公路绕新房。
一溪翠竹随流远，几度吟怀逐雁翔。
美景天成邀右客，云楼别墅好风光。

（十一）早春

春风一路勇无前，玉镜成光蕴紫烟。
柳曳鳞波蛙动鼓，人游井圃鹭巡川。
龙山驿道香花远，水畔云楼绿意绵，
五彩邀来玄鸟剪，蒲村有景画难诠。

（十二）夏日

故山林密景清幽，夏日人闲翠色游。
古树擎天黎绿泻，灵溪入伏鸟声稠。
欲寻稚趣凉亭坐，难得怡心旧影搜。
米酒香风多故事，清吟总把晚霞收。

（十三）晚秋

白云悠远赤炎违，岭上金黄蜜柚肥。
浩渺林烟弥十里，浓醇菊气浴千晖。

玉溪藻绿青鱼跃，别墅兰香信鸽飞。

入目明珠何剔透，一村秋色客回归。

（十四）冬日

解晓啼珠化了妆，寒溪冻柳挂银霜。

蒲村薄雾风吟散，虎岭幽林景焕彰。

两眼流光祈绿影，一群飞鸟绕云冈。

闲游欲把乡心表，庭院梅花暗送香。

（十五）月下

信步蒲村送晚霞，闲门桂树乱飞花。

红云染透来龙岭，流水环回柳岸家。

唱月糍粑勾旧事，牵魂米酒泛奇葩。

童年味道今追忆，一阵金风冷了茶。

（十六）烤薯

秋风亮爽菊花昂，叶落流溪溯冷霜。

万里高天飞旅雁，几坪苔地缀兰章。

云乡水土含元广，特产营销索妙方。

吃客贪涎寻厚味，重阳烤薯一村香。

（十七）夜游

景地依然虎背形，蒲村古柏缀峰青。

云闲岭野天高日，径陡花香酒烈铭。

密树环烟邀旧客，山楼俏语约精灵。

斜阳入画程难返，偃月催归步不停。

（十八）寻根

细雨滋繁养物源，诗追老酒向云村。

历来隐者轻名利，岂让乡山锁梦魂。

故土谁栽苗半亩，灵溪我觅义孤根。

翠峰啼鸟何曾识，白发悠然恋旧恩。

（十九）童趣

善地蒲村绿水多，潺淙四季凤弦歌。

大唐古柏桥边立，赵宋楹联氏谱峨。

宅院青龙邀白虎，檐头望兽守灵河。

少年稚嫩曾浮幻，掏尽高枝野鹭窝。

（二十）牵情

儿年故事总牵情，白发闲来又问程。

石拱雄狮何日毁，土墙家犬未曾惊。

护村寒竹难栖鹭，串户顽童早进城。

一阵东风人写念，乳名召唤却无声。

（二十一）感咏蒲村

槐树蒲村是故乡，唐时古柏筑高墙。

风吟大院书声琅，日照龙山紫气昂。

四兽威严云肃立，千窗聪刻凤飞翔。

玉溪麻柳明如镜，邀我桥边钓夕阳。

（二十二）蒲村东

擎天古柏立村东，碧翠英姿与水融。

米酒飞香环宅院，清流朗澈约云鸿。

湖光十里三山影，鹭羽千年一笛风。

昔日蒲门人若蚁，比肩闹市有非同。

来龙山系列（二十二首）

（一）来龙山

来龙漫步日偏西，树密湾环客鸟啼。
顶上岚烟飞佛语，身边古柏守灵溪。
凉亭放眼追云路，碧水扬波赋咏题。
侧卧观星游未返，空壶却笑月光低。
（原载《星星诗词》，2021 年春季刊）

（二）大雪游来龙山

连晴野旷步尤轻，曲径银霜抹紫荆。
劲草垂头寒气袭，丹枫落叶石泉生。
一条玉带环村墅，半岭黄花已负情。
入坐云亭人远忆，打工儿女可追程？
（原载《中华辞赋》，2020 年 11 月）

（三）来龙山寺

一水环村写景游，龙山古寺立云头。
雄峰梵事虔心识，大殿元王奋势留。
旧客常攀祈吉福，新禽举息靠峦丘。
百年庙宇香烟绕，欲把风光眼底收。

（四）鹰嘴崖

拾尘难得一帆风，鹰嘴弯环紫气融。
峭壁泉声松壑隐，小溪浮叶大河通。
高天鹭与游云白，旷野霜催宝树红。
桂月人闲情博远，斜阳侵岭约归鸿。

（五）古井坡

冷翠滋繁紫气妍，信风生籁越云巅。
一湾水目罗裳破，半壁潺泉凤曲绵。
负步随声追俊鸟，怡心即景拨丹弦。
倾壶了断愁秋事，古井山坡咏暮年。

（六）纸窟崖

来龙纸窟墨痕留，世代蒲门学子优。
两部侍郎南宋载，一山贞柏绿光稠。
钟声叠绕闲情佚，白鹭惊翔妙义求。
昔日崖崟多幻景，乳名呼得众峰游。

（七）墓坟地

故墓三弯泣鬼神，清明泪雨祭先人。
倚风野草荣枯鉴，勒石碑文聚散呻。
逝者谁知贫富假，回眸岂觉死生真。
一条溪水山前绕，落叶归根大爱身。

（八）清泉溪

陡峭峰头石白丹，清泉四季一溪欢。
柳堤尽处高楼立，古镇边亭马路宽。
眼览浮云披凤彩，露眠明月入河滩。
龙山戏水人追忆，总是星光约晚寒。

（九）碾子湾

龙山石碾与时争，熟谷催糠几代情。
任实黄牛侵苦影，含虚菜肚写贫生。
星光鉴证扬鞭景，烈日邀来厉节声。

旧址经年成史事，千钧碾子向新荣。

（十）竹笛坡

竹笛林边草已黄，时光冷峻约银霜。
一坡桂子千姿退，两岸芦花十里扬。
莫道高天邀旅雁，谁怜瘦影远家乡。
满山蝶叶随风舞，麻柳溪流韵味长。

（十一）橙子坪

云山晚景九阳光，宝树清晶已浅黄。
硕果垂枝寒雁约，金风洗耳挽余香。
半坪尘露呼红叶，一座书楼朗故乡。
生态园林成产业，几坪橙子富农庄。

（十二）青杠岭

青杠树密筑严城，四季苍苔复地坪。
粟子垂枝黄蝶舞，香菇破土马蜂鸣。
一坡果实曾充悦，半月风光可养情。
岭上云游多亮点，斜阳约得鸟交鸣。

（十三）麻柳湾

麻柳湾头水放歌，溪流顶上老鹰窝。
崖生劲草蓑衣扎，地起苍苔紫菌多。
省忆林坡擒野兔，环回树下拾柴禾。
儿年趣事今成古，一色孤清问月波。

（十四）寺门口

寺门威敬景清殊，博夜催晨竹杖扶。
岭上金风邀瘦骨，路边山菊绘新图。

香烟亿福人祈愿，大殿三亭树掩衢。
佛语灵心兰石铸，一游方解晚年孤。

（十五）拱背桥

绅商驿口拱形桥，顶上龙山紫气飘。
槐树盐仓连蜀道，世家软缎赛文瑶。
昔时一水陵江注，今日千渠幸福描。
十里风光何勒石，兴留双柏鉴童谣。

（十六）来龙山夕阳

万里回春料峭稠，几番风雨梦非休。
伤痍总是仁心错，骨傲常因素性牛。
难得新元无俗事，邀来旧友问清流。
斜阳岭上承高义，霞染乡山带水楼。

（十七）来龙山落叶

奇峰兀立俯云楼，落叶随风步未休。
阵阵沙声追日脚，悠悠敛影入清流。
心飞野岭情无绪，赤掩香橙意尽收。
落座闲亭生冷意，一条山路几多愁。

（十八）小雪来龙山游

北风邀雨雾乡冈，鹭影疏微老树藏。
麻柳灵溪心殒碎，龙山蝶叶梦凄凉。
小亭一坐诗何觅，陈酒孤斟胆气昂。
岁月蹉跎多少事，儿时趣事又牵肠。

（十九）秋上来龙山

龙山翠竹约金风，石径环烟斗且雄。

古柏擎天辉玉岭，新林洗碧盼归鸿。

放飞真我闲亭纳，写意灵心妙景融。

一座孤峰云奋逸，豪情欲与少年同。

（二十）季冬上来龙山

来龙石径绕蒲村，古柏擎天雾欲吞。

接曙青峰云裂处，追风客鸟步寻根。

一山万箭晨光破，九带三湾暖眼存。

陌野焉知梅咏曲，几枝春蛰向新元。

（二十一）来龙山寻友

绿始龙山万里春，痴心不改步求因。

晨风细语邀玄鸟，冷蕊冰心识瘦身。

仄杖扶阶幽径陡，游云入句感情新。

乡音熟耳无寻处，北斗星灯送旧人。

（二十二）小寒登来龙山

小寒持杖又登山，鹭舞南云碧水潺。

暖日飞光穿密树，岚烟绕岭筑严关。

枯藤掩路牛蹄去，石径临天俊鸟还。

故里情怀多旧梦，竹亭宽坐酒开颜。

初一莲池游

玉岭梅花映九穹，香盈曲径鸟追风。

天成媚景游人织，腑纳新清喜气融。

一路乡音春斗艳，三元暖日妙无穷。

斜阳若影怡心荡，小坐云亭旧友逢。

莲湖含咏

莲湖有景月垂钩，擘画廊桥宛窈悠。
水幕追风余凤曲，霓灯暖碧映云楼。
酒香可与乡音远，志力常能微妙求。
暮岁欣欢人取贵，一支凡笔大江酬。

张澜故里行

又把梅香切入程，云飞雪鹭水含声。
张公故宅东风爽，墨客清吟玉岭生。
石径春花勾旧忆，小村人气焕新晴。
悦心难得山歌伴，洗耳追收尽是情。

忆小学校堂

十里桥西小校堂，六年萌苗一书郎
路知赤脚通红味，夜晓蚊虫遍体伤。
怎奈求生停习学，皮包瘦骨悼凄凉。
幸因窘境才章灼，留得青山向晚狂。

柳溪二月

浅底鱼翔柳动钩，夕阳诗染故林丘。
一群雪鹭环山绕，两岸游人伴水流。
步履追风余凤曲，春花沁肺慰童头。
是谁点画云村景，潜入襟怀可放舟。

云村早春

春曦挤进小云村，一阵门声引沸喧。
锄舞东田家犬吠，香追晓籁暖丝掀。
灵溪柳动鳞波远，玄鸟言兰紫气奔。
谁唤乡山晴日好，化成新语朗多元。

秋游乡校

向心乡校过西桥，驻足凉亭酒半瓢。
几朵闲云秋柏守，一群雪鹭画丘描。
阳晖稻穗翻金浪，风卷龙山响笛箫。
接近簧门多旧忆，童年趣事未曾凋。

乡山含咏

龙山古柏欲擎天，佑护蒲村数百年。
雪鹭翔云游远客，灵霞沐树掩危巅。
小溪皓月金风爽，玉岭奇花少艾妍。
退隐回乡人蝶变，心园半亩了尘缘。

莲湖春钓

春风绿柳水含烟，垂钓莲湖伴日圆。
乍暖何虚新岸远，闻声怎会旧心煎。
廊桥五彩飞玄鸟，瑶圃千花绽笑妍。
俏影余香犹写志，鱼钓一甩白云翩。

西充中学游

辰龙结伴校园游，沁肺清风促步收。
祈福鼓声人奋翼，励精书画味香喉。
溯源总是黉门忆，学艺方知师道酬。
但愿西中宏伟志，万千桃李入春秋。

双柏树村怀古

何来妙语与时新，欲厕襟怀怕失真。
上古清吟超物象，如今极写助精神。
灵溪水拱奢豪宅，玉岭花开寂寞春。
利禄云烟风里了，青丝一夜白头人。

嘉陵江洪峰

蜀水天波百载生，乱流凌劫宇寰惊。
逢山劈泻轰雷响，盖顶平吞厦屋倾。
一夜长街飞棹桨，八方灵物放悲鸣。
细研祸厉寻深策，治本宣源草木荣。

金斗山追梦

退暮云心步未闲，为寻春景向乡山。
蒲村一碗清糟酒，瘦骨双瞳洞赤颜。
捷径通幽新草隐，怡魂仄杖旧峰攀。
断崖金斗多天籁，不尽回声荡雅娴。

游谯家洞

逸史寻微步履频，谯周故里柳尖新。
桥边古柏飞云鸟，径界凡花缀早春。
石洞追缘三国事，祁山旷败九元身。
卧龙难报先皇托，苦了西充一老臣。

莲池赏梅

俊赏梅花岭上游，莲池料峭味遐悠。
争春玄鸟三村绕，写景灵犀十面搜。
一座铜雕思表老，半溪奇水入吟眸。
日光追步怡心涌，鹭舞斜阳化景收。

甲辰回村

又回乡路拾零凋，绿绕云楼柳掩桥。
十里风光非昨日，一村香树闹今宵。
侠情不是千杯醉，会意方能寸尺辽。
席上猜拳多妙语，旧人新聚笑弯腰。

莲湖小钓

细雨无声少路人，莲湖小草叶尖新。
楼前井圃飞玄鸟，树下青竿伴瘦身。
一阵清香灵卉约，半成休景厚情真。
此时壶识老夫意，陈酒三杯慰早春。

步履莲湖

料峭东风夜不眠，春姑巧绘一湖天。
玄禽未识新河柳，白发何寻旧树烟。
寸草兴衰多少梦，毕生甘苦福凶缘。
尔闲哀惜花飞落，夕日留晖瘦影翩。

季春麻柳溪

季春云鹭玉溪斜，两岸垂杨挂薄纱。
水酿清波成岁酒，霞飞绿树映农家。
几多佳景灵犀识，一阵乡音气自华。
四月龙山桃未熟，青梅入口好酸牙。

麻柳溪咏怀

斗取西风又一程，玉溪麻柳水含情。
铜壶煮雪头茶品，火灶烧鸡板粟烹。
白鹭成群环古柏，流霞满盏表心声。
蒲门古朴苕文化，世代书香励后生。

麻柳溪秋月

门对溪头玉露楼，虫声得意唱金秋。
退休觅静追仙客，泼墨寻诗竟自由。
酷暑泉潺呈旧忆，寒天梦远向新流。
闲情别致星灯近，不老童心故里留。

柳溪金秋

柳溪两岸谷金黄，一径蜿蜒向竹冈。
野甸雪梨枝挂满，小亭凉粉味浓香。
秋风细品农家菜，大碗鲸吞米酒浆。
隽婉飞禽头上绕，和声与客共兰章。

雨后麻柳溪

夏日初晴信步宜，溪流势焰厚非迟。
南边翠岭飞云鹭，北面玄穹带白丝。
六角凉亭联入景，一坡新树绿含诗。
沙滩赐我清佳艺，又忆儿时奕象棋。

新年约友

满湖烟水钓斜晖，别径眉弯接翠微。
白发桥头乡客约，寒梅岭上野禽飞。
情倾细柳新枝吐，步绕云峰旧友归。
兔隐龙腾春启复，唐禾半亩扣心扉。

春日西充

啼珠接曙步轻盈，捷足春风绕小城。
欲眼升高心万里，暗寒结友语千声。
井园野卉经年绝，白发新诗傲骨生。
岭上初阳含七彩，莫怜烟景与人争。

初春回蒲村

银霜步涉早春霞，切念蒲村齿稚家。
柳岸清溪留浊影，枝头古柏守新鸦。
梦归乡里心苗壮，日照书楼意向嘉。
米酒糟房谁可忆，闲尝醉倒一园花。

兔年上元

料峭香风小绿惊，梅花暗自送深情。
乍寒少有人时改，逸伏多能伟志生。
十里都街游远客，万家灯火绕嘉声。
上元举盏问圆月，可许清吟与酒争？

冬日登化凤山

西边日搁树梢时，难得寒山信步宜。
枫叶举旗呼宿鸟，红霞入水唤新姿。
通幽石径云天倚，祷福星灯夜幕移。
汗洒阶台何惧远，只因顶上好吟诗。

雨中登化凤山

秋深雨冷我何虚，跃上峰头六腑舒。
几缕寒风欺老眼，半山香柚掩幽居。
雄心莫恨时光短，剑气方能奥学储。
面对苍穹人奋翼，催收一本大唐书。

化凤山元冬

元冬化凤写孤飘，万朵灵修笑对凋。
齿稚曾经勤奋翼，夕阳何别郁陶憔。
霸持剑气承休志，笔下清诗似火苗。
玉洁冰心今又寄，莫言丝发少镌谯。

莲湖六月

碧水廊桥夜未休，银花火树铸晶楼。
荷盘叠翠闲鱼跃，仙女镶姿远客游。
亮靓青年皆岁景，蹒跚翁媪亦风流。
乡情总是眸前闪，入画莲湖皓月收。

莲湖早春

东风捷足到湖边，绿影耕翻半亩田。
白发探云寻旧梦，莺声绕树问尧天。
晨曦万里仁心苦，步逐灵光紫气燃。
羡煞渔翁银线舞，悠然钓得彩霞篇。

莲湖廊桥

信步廊桥解愠风，晨曦识透雾亭东。
灵溪鉴影青丝白，别院开晴斗雪红。
万里唐天陶傲骨，三成秀雅学争雄。
余光欲尽犹追忆，座座乡山约旅鸿。

晚秋莲花湖

灵湖碧玉初晨烟，十里浮云白似棉。
悦色风生波底树，青山鸟没镜心天。
偶来横笛廊桥上，寓赏归人落日前。
闲笔含情邀水慕，速成龙咏故乡篇。

万年山寺

时临九日问峰头，作别尘嚣访僻幽。
石径环林游客鸟，泉溪唱曲约鸣鸠。
谁知岔路迷方向，却遇香风洗眼眸。
古庙钟声追赤叶，悠然入景又吟秋。

上凌云大厦

菊月风凉带雨愁，烦心不解上云楼。
一桥游客龙梭织，十里湖天白鹭悠。
欲向悲声寻洗句，谁知暮岁惜争流。
余生若被徘徊误，不别乡山学圃收。

登粮斗山

大山粮斗远农耕，树瘦秋深紫气萦。
九曲石阶云寺绕，千层刺柏自然生。
明清佛语今宏逸，现代悬钟古义声。
宝殿香烟虔肃客，焉知一拜动凡情。

粮斗晨咏

霞光泊进大山巅，剑气云开一角天。
古寺香炉灰未冷，乡亭老酒夜无眠。
谁怜细语叙离别，我近丘门有旧缘。
草木通灵春又在，余时隐逸自悠然。

粮斗山初春

大山粮斗白云悠，为续良缘步未休。
佛义先风朱殿绕，仁贤故事小溪流。
前门陡径通公路，后庙青藤掩阁楼。
入耳元经人养善，追寻又可九天游。

飞虎岭晚秋

十月风香曙影流，目追山势赏金秋。
明黄蝶叶翩翩舞，列阵飞鸿款款游。
菊蕊半开林雾尽，晨光四射鸟声稠。
乡音洗耳心玄静，虎岭东山写景留。

南岷山

南岷九井竞风流，座座云峰石径幽。
佛像慈祥矜瑞气，虔心厚善化轻浮。
大雄宝殿香烟绕，清邃金身妙意求。
万物机缘天外事，月光邀我染霜头。

南岷寺

日暖菩提万寿天，南岷聚友倍诚虔。
诗心早在云山外，健步迟延寺庙边。
古井清泉无远客，龛前梵宇有岚烟。
渊纯祷得真人梦，盼解凡尘疬疫缘。

南岷山晚秋

南岷雁阵白云边，欲与西林共紫烟。
霞透蓝绸惊冷玉，香邀墨客上峰巅。
清辉万顷危楼外，赤叶千山晚照前。
一颗灵心留恋处，不知圆月已高悬。

南岷山菊节

南岷古寺耸云宫，远近高低各不同。
步履重阳逢久客，依栏欲眼释瞳朦。
佛音悦耳心尘洗，慧烛灵犀信义融。
复返听泉敲凤曲，小溪流水纳苍穹。

晚登翠柏岭

柏树成林岭往东，怡情仄杖沐春风。
西山落日书楼近，白鹭翔云玉镜红。
露润枯喉天籁婉，烟环古寺佛光融。
闲游难得心花放，皓月幽香一路同。

水井湾寻旧

闲云几朵入凡心，仄杖灵溪翠鸟寻。
两岸鸣蝉乡树戏，孤村曲径犬声沉。
炎光炽热清流浅，荷叶枯焦躁切深。
老屋尘檐蛛网布，无风索绕岂成吟？

再上金竹岭

学雁高飞未入群，乡山顶上绕秋云。
心追绿色如鸡肋，笔绘金光似虎贲。
万物回头终有识，半天研味始含勤。
一生不走桃花运，几日无诗岂可醺。

太平寺祈福

太平云寺与时生，白象灵光九字情。
佛语滋熙烟火旺，高僧释意内涵成。
万千香客虔诚事，一代堂坛淡泊名。
肃启登临心净化，凡人也会得仁声。

槐树蒲氏宗祠

蒲衣辅舜首流芳，华夏欣开赐氏章。
文武贤臣南宋达，聊斋笔墨大清香。
圣规祖训弘先志，俊士天成见列光。
槐树灵枝辉族谱，尚书祠里续辉煌。

早春游乡山

暖风邀绿泛珠河，料峭寒山怎奈何，
曲径通幽云客绕，小园花蕾彩绸梭。
捷登玉岭心非隐，俯览灵湖句郁峨。
十里东林飞白鹭，杯衔一首不争多。

统门垭梨花

一垭惊白未沾尘，二月银装剔透新。
客鸟环山衔俊语，灵窗拓境得怡神。
香风孕化勾魂句，紫气渊含傲骨人。
莫问梨花何入画，手勤精绘小村春。

双洛赏荷

荷花映日点灵犀，沁肺清香客鸟迷。
十里湖光收墨绿，九天仙女嫁瑶溪。
含娇玉立英姿显，写妙情深会意齐。
几缕悠闲金入画，夕阳不落恋桥西。

登化凤

金风约我上云头，十里晨光一眼收。
日照群峰浮宿雾，花开半岭缀新流。
游人织带山添彩，征雁横空韵达秋。
古道林幽闲趣致，重阳有意晚霞留。

槐树古镇

三峰两岭蕴岚烟，麻柳灵溪古镇穿。

金斗擎天呈凤吻，蒲家酿酒醉云仙。

槐花一树清香远，盐井千村历史研。

虎跃龙飞朱雀语，乡音动念景无边。

宝马河浔

追随宝马一烟浔，直把涛声化悦心。

昔日灵光人健在，夏时云岸水泓深。

岳持天路谁攀倚，暑逐朱炎岂屈临。

三碗琼浆今古忆，凉亭半卧月光吟。

深秋游万年山

万年山寺草金黄，欲眼攀高石径昂。

隐地朱藤藏野兔，啸天风笛咏兰章。

神峰入画唐朝事，古殿烧台近代香。

佛语修身人博奥，灵犀一点梦飞翔。

夏登万年山（二首）

（一）

登山又是夏时天，无限风光佛庙边。

女帝曾临恩赐饯，康熙赠匾殿高悬。

一张名片邀游客，万本经书表圣贤。

入耳林涛知我意，和声促步路依然。

（二）

炙热同天岭绝风，汗珠盐味洗朦瞳。

小亭欲坐焦炎袭，毅烈支撑瘦影躬。

一庙虔心香火久，万年大殿佛光崇。

夕阳最惜离多绪，借盏星灯照老翁。

秋游白鹤岭

愁云岂阻向山心，步逐金风上鹤岑。

径陡苔多魂欲断，林寒鸟少腿尤沉。

百年寺庙朦胧隐，一案天香念旧深。

总是人闲生梦幻，虔诚可否得元音？

双柏树村

双柏擎天几百年，繁枝宿鹭鉴云烟。

黉门桂树香风远，宅院人文厚福绵。

昔日书声成睿智，今时史迹少游仙。

梦飞乡里童头伴，只惜观音早已眠。

蒲村却步

龙山陡峭九回肠，玉岭连天驿道昂。

古柏森严留客鸟，闲云幻影挽斜阳。

壁泉澄澈飘香气，寺庙交神吐佛光。

可惜蒲村无旧景，清风与步又徘徊。

天马山庄行

端午祥云绕水乡，瑶池李子味飘香。

琼楼玉洞谁家果，天马村园独引章。

满树金黄千客至，一山风景百禽翔。

勤身巧手开新宇，创业精神永嗣芳。

百福寺寄情（二首）

（一）

百福登山道未穷，滚牛昂首向天空。

风声啸吼千狮近，绿色翻摇一海融。

岭上松林邀瘦骨，城门古迹了初衷。

东飞白鹭曾相识，可把新吟带昊穹？

（二）

百福松涛吼似狮，回圆旧梦步尤迟。

滚牛幽径通云路，惊胆悬岩坐太师。

茂草遮山游客隐，层林翻浪佛光驰。

贫生祈祷烦心了，问顶青峰正是时。

苑三湾忆

怎忘儿时屋后山，唐风古柏伴云关。

岚烟绕路牛蹄掩，宝树成林客鸟还。

趣味常随奇水奥，乐心堪比月光闲。

蒲家大院灵溪守，梦里瑶池在此湾。

飞虎岭季春（二首）

（一）

谁邀飞虎俯山泉，兀立危峰欲触天。

一眼云波心荡漾，几坡佳木路蜿蜒。

虔诚佛语通幽径，忌恨虚名向善缘。

脚下唐风多少载，残阳莫可负余年。

（二）

几步焉能四野收，斜阳入水煮乡愁。

一群归鸟喧争树，半路飞花乱点头。

岭上红云何举意，溪中碧玉可摇舟。

余光德化蒲村客，不尽春风笔下游。

飞虎岭水库

夜雨开晴曙未迟，风梳柳发步方宜。

一条别径花招手，两岸新林鹭亮姿。

水库浮青含瘦影，幽怀忆念问佳期。

几多爽异乡情里，山路云闲晚叶痴。

雨后游牛卧岭（二首）

（一）

梦境随风虎岭成，童心焕发步多情。

泉敲石鼓琴音婉，树吐新光绿海生。

一路奇葩含紫气，满山幽景隐啼声。

接云绝顶知宏奥，十里红花格外明。

（二）

山势威然虎疾霆，万千云柏共峰青。
情闲野岭高天近，径陡香花促步停。
密树环烟多客鸟，斜阳入景识坤灵。
无声偃月悬程路，没有金刀怎刻铭？

湿地公园青龙湖

青龙遭日览湖天，六十灵峰载一船。
幻影鳞波收眼底，香风野鹜绕云巅。
五梅大院严家表，百岁祠堂史学研。
斗拱飞檐明未事，乡醇几碗我成仙。

贺圣寺

一湖明镜向君开，九十风湾梦里回。
贺圣闲云翻往事，黉门学子博名才。
紫荆早表流连意，白发迟登告别台。
校舍悠然人已去，不知何日朗声来。

观音坝上行

枉尺观音坝直寻，小丘泉滴似低吟。
谯家石洞游云浅，稻谷乡田赤色深。
一片新村宜落墨，三溪绿树可怡心。
柏油大道随山远，不少留痕鉴古今。

观音村秋景

观音坝上稻金黄，翁媪携童凤野忙。
一碧蓝天秋色泻，三丘硕果笑声扬。
灵溪柳岸招游客，玉岭橙林引货商。
千载物流南北走，余音悦耳绕康庄。

黄家坪

未拢黄村守犬迎，闲云几朵绕山坪。
林飞客鸟凡枝茂，卉炜凉亭促步成。
落座何成切念减，染眸尤喜悦心倾。
乡情味道曾知否，稚趣清风酒里生。

居乡

月下香风绕小楼，饮杯春意二人收。
星飞玉岭寒犹近，桌摆拼盘味道稠。
逝水嘉年何复返，残棋上著许孤求。
不因岁晚悠闲度，可学姜公钓直钩。

春到湖天

凯风湖水素鳞开，燕子斜翔翠竹台。
一辆耕机犁沃土，百年乡树育良才。
红花绿草星光亮，野酿云村旧客来。
井圃乡音何悦耳，三勤二老笑声裁。

登凤凰山

为得云心自肃虔，春寒岂阻向危巅。
林遮古寺游香客，匠化新楼绕紫烟。
远去喧嚣天籁赏，休归习静故乡研。
桃花载水今何释，佛语低声月上弦。

游石柱山

金秋有景岭贪迷，耳畔孤鸿迭破啼。
一路银霜遮旧迹，半山云鸟绕亭西。
雄心未了儿时志，菊月何香石板溪。
歇力抬头晨夕问，闲游不会又偏题？

回故乡槐树

万里元青纳曙霞，三回古镇赏槐花。
蜂环玉树身亲雪，句度虬枝客到家。
故土乡风人慨忆，人文市井日西斜。
童年一梦今何近，旧友云楼煮茗茶。

中南陵江寺

陵江寺庙景雄争，古柏擎天画里生。
四兽狰狞灵宅守，两狮威武路人瞠。
精雕俊鸟悠声远，绰立清英巽坎平。
尺咫多年无了解，一游何止是乡情。

黄家坪咏怀

蒲村坎上住黄家，化育余苗善种瓜。
屋后藤根缠峭壁，门前果树挂灯花。
外公慧智经商路，慈母珑玲纺素纱。
忆识常留年少事，楼梯对接摘云霞。

圭峰山

昨夜东风玉岭争，灵心焕发故乡情。
泉敲石鼓啼声婉，树吐新芽绿海荣。
几朵闲云追俊鸟，一山嘉气伴初程。
近天半步岚烟妙，耳畔乡音豁朗生。

黑柏山寺

横匾高悬古佛前，虔心宿绕客尘迁。
持香一跪求安福，秀语三声保后贤。
慕远崇神犹可解，而今觅句又关联。
梦随惊蛰寻幽柏，哪有蹒跚送旧烟。

秋上黑柏山

黑柏山游酒满壶，一峰云雾莫言孤。
含元绿始曾知否，带雅泉流可会无。
断雾迷茫多惑悟，怡心且莫少清卢。
风香寺庙尤宜去，皓月余辉缀露珠。

紫岩诰书楼

紫岩欣登诰书楼，古树悠云悦眼酬。
四杰崇弘皆进士，一门忠义写春秋。
风筝绿水游人驻，翰墨宗祠史册留。
慕习由来今感悟，功成良药此方求。

金山镇（二首）

（一）

悠闲步逐季春光，看尽花姿喜一黄。
十里金山风体味，三湾玉蕊靓殊妆。
云开俊眼红霞远，景入清流倩笔惶。
五腑洪翻生感慨，乡村冷艳万千章。

（二）

季春追逐菜花黄，百里风裁靓女妆。
酥手含香邀远客，赤金连海映晨光。
山村野旷天然画，群鹭翔云景引章。
信步平冈人俊逸，打工游子欲归乡。

秋日回乡

来龙岭上绿光稠，前路蒲村好个秋。
宝树千姿诗画蕴，高天万里玉溪游。
香风怡步追霞日，旅雁翔云远郁悠。
忽地乡音呼白发，乳名亲切步不休。

夏日游笔架山（二首）

（一）

笔架峰高石径昂，千阶陡峭护云冈。

一群客鸟寻新地，几树槐花掩厦房。

北面亭楼联对妙，南边古寺佛灯香。

随然自觉云游好，更喜天成避暑场。

（二）

寄远诗朋步履勤，家山碧树尽含欣。

亭边俊鸟争娇语，岭上风铃钓妙云。

一路乡音愁发染，满腔刚气吉阳焚。

炎天欲解青凉奥，斗碗金波又识君。

莲湖水幕

水幕云歌夜景殊，灵山始绿月轮孤。

雄心不灭唐风举，勇气虽存妙句无。

叹我才疏离典实，问君醇美可宏图。

不然只可含愁泪，注满城边玉镜湖。

禹迹山

高天雨后泛蓝光，禹迹登山白鹭翔。

风化孤峰迎旧客，云游百里接新冈。

人生总有难酬志，岁月何须偶敬惶。

昨日回头多慨忆，居乡僻养一良方。

大蓬山

一山秋色谢天晴，十里金黄梦幻生。
石径昂头云自矮，桂香沁肺菊花争。
林深客鸟风开路，壁峭凉亭酒举声。
与友倾怀多旧忆，谁能忘记大蓬情。

白鹤村

春光挤进一农家，井圃生描五彩斜。
十里香风新客至，半湖明镜景山夸。
清幽密树飞云鸟，秀澈泉溪映皓纱。
赏极流连凭日暮，桥头得意是烟霞。

金竹岭初春

细雨无声万物滋，花香破曙步尤宜。
乡山驿道澄岚绕，麻柳瑶溪白鹭驰。
借润扶微风举绿，搜吟入景蕊盈枝。
怡心又约春云近，夕日清休正是时。

月下莲湖

谁邀偃月落湖天，水目圆盘碧玉连。
破蕾幽香飞百里，举名操洁越千年。
几多知者流孤韵，第使余情入大川。
虽我尘凡公位淡，清吟有梦白云巅。

狮子嘴咏怀（二首）

（一）

水畔新村敛翠微，桥头古柏鹭频飞。
堤边嫩柳青鱼跃，岭上桃园旧友归。
客鸟闲云多雅味，莺枝艳卉沐春晖。
一轮偃月儿时梦，劝示功名伏手挥。

（二）

玉溪西去绕来龙，翠柏摇天挺秀峰。
竹掩新村青石路，诗敲寺庙古唐钟。
梨园瑞雪香云岭，宅院雕花耀祖宗。
一片幽林泉脉动，小桥斜影伴山农。

小苑子（二首）

（一）

昨夜霜辉小苑天，初晨旭日白云巅。
峥嵘岁月何多惑，潇洒人生却少贤。
步挽春风追逝水，心成德句入巴笺。
儿时旧梦今犹记，十里花香问大千。

（二）

小苑青山绝市尘，云村二月景尤新。
风摇细柳溪泓碧，水约乌衣绿剪春。
机械轰鸣犁沃土，晚霞归沐备耕人。
霜辉入盏心花放，一首吟哦故里亲。

旧宅咏怀

半湾湖水纳云楼，桂树飘香客鸟游。
古柏村前擎玉岭，围墙院后挂禾钩。
危檐旧壁今蛛网，瑞兽贪迷昔亮头。
变化惊心何顾唤，一船何载万千愁。

黎家寺

和风带雨润乡丘，老树新枝正适游。
柳曳鳞波飞旅燕，霞邀久客上云楼。
新田抱绕山村翠，古木深幽紫气稠。
步履虽然时日短，回头驻足小村酬。

徐尔河

碧溪徐尔泛春潮，细柳清风绿色娇。
两岸金堤襟宇阔，一河灵气德云飘。
小村入画碑文古，玉岭含香妙景迢。
凯定新疆弘史册，占彪勒石向天昭。

广水井盐都

盐都闹市坐云丘，广水灵溪紫气稠。
氏族文儒辉九姓，唐时古柏越千秋。
凤凰山下游商贩，槐树桥头赏叶舟。
小镇乡村多义士，随同宝马竞风流。

蚕豆山

闲情与我共清流，促步怡心旷奥求。
岭野秋深含紫气，岚寒路陡苦童头。
半山黄柚农家梦，几缕浓香菊蕊稠。
远处乡音尤振奋，金风唱响信天游。

金斗山

云梯陡峭向天昂，一路氤氲沁肺香。
岭上来风秋色晚，书亭小坐背心凉。
阁楼联对新人撰，壶里贞醇旧景伤。
似许登临愁已释，低吟又可押沧桑。

文尔山

晨光夹雨午时晴，信步乡山紫气萦。
一阵清风垭口绕，几湾灵树雅娴成。
人扶乱石云由近，眼熟迁莺悦耳生。
白发精神陶德化，登高放朗得回声。

家山咏

绿色西充是我家，有机生态一奇葩。
辣椒红薯农庄富，玉藕香桃米酒嘉。
万里金风迎国庆，千村别墅绽时花。
举杯圆影心潮涌，感颂乡山五彩霞。

家山新貌

小城初夜动吟毫，十里廊桥水幕高。
火树金波歌助阵，乡音远客酒生涛。
灵湖阁顶星天近，化凤森林逸俊陶。
少艾香风邀白马，虹灯眨闪摘仙桃。

青峰山

昨夜东风夹雨丝，婪酣一梦醒来迟。
千般瑞气通云路，万串珍珠挂嫩枝。
野鹜捕鱼蓝镜破，林园抽叶绿光驰。
悠游又把烦心了，十里青峰寄放眉。

雨后莲湖

释怀收伞赏灵晖，几朵红云泛妙微。
十里廊桥人驻足，半湖莲叶蕊留扉。
鳞波约得鲢鱼跃，写目追随野鹜归。
一碧高天情万里，童心又与夕阳飞。

湿地公园

雨润山川瘦影忙，成群紫燕剪春光。
蓝天柳岸妍姿好，绿水清风味道长。
眼纳凡微追凤影，逸邀闲笔写兰章。
凋残岁月情依旧，一水鳞波钓夕阳。

双凤寺庙

金风玉岭白云悠，古寺晨钟德度求。
四兽瞪眸巡万里，一心依佛问三秋。
庙边鸟语含新韵，殿内香烟洗旅愁。
跪拜祈诚缘未了，余生有幸此山游。

晚秋登石缸山

步负余秋玉岭游，红黄紫绿白云悠。
金风去雾青峰峻，曙彩严妆赤水稠。
十里新林飞俊鸟，一条山路指岑楼。
登高顿觉神清爽，伫立开怀放眼收。

充国舌尖（五首）

苕粉面沓

红苕淀粉富含元，永寿安康美食敦。
大蒜姜葱勾水饼，香油腊肉入盘飧。
晶明柔软童头喜，俊味流涎贵客尊。
古郡乡情锅里味，舌尖文化蕴乾坤。

苕叶稀粥

清香薯粥自家山，纳入苕尖嫩绿屏。
养胃延年医暗病，宜人爽口护尊颜。
筹添一碗佳名远，信约千村久客还。
实属平凡含博奥，西充文化古贞娴。

锅盔凉粉

西充美食古今连，爽口锅盔毓史篇。

凉粉苕音奇特产，红油辣子嘴巴涎。

一声脆响瑶仙至，十里风香白发前。

小吃宜居人永寿，舌尖文化历千年。

苕果果

红苕果子话家山，滴溜如珠厚味蛮。

一颗甜牵童趣事，三秋脆泽印香关。

地缘文化蒲村忆，古镇峥嵘美食娴。

莫道斜阳窥岁月，舌尖精彩笔非闲。

红苕赞

红苕富养美容颜，老少皆宜味道悭。

古郡连村凡土产，餐桌待客旨看娴。

农家电网营销旺，互市街衢向海关。

特色一张名片亮，马良神笔画乡山。

（五首均原载学习强国网、光明网，2020 年 8 月 25 日）

广场闻芦笙

冷雨秋深苦晚情，广场银发奏芦笙。

余音迭绕莲湖路，举意环游古郡城。

近侧朴忠修善感，遥同博爱对吟声。

瘦容新面酸凄涌，写尽人生一世情。

大通凉粉

大通凉粉网宏声，扑面飞香确煽情。
作料殊姿回味久，形颜比配悦眸生。
有机美食城添彩，无限温馨客驻程。
一品游云多妙想，凡心远俗恨贪争。

广场二榕树（二首）

（一）

广场榕厦夏时亲，挡雨遮风勇献身。
不惧朱炎烘绿叶，偏余爽意泽黎民。
晨曦约鸟谐声送，夕日邀云健舞频。
此木含情多慨忆，当年植树是何人。

（二）

宝树繁枝欲掩天，时交翠景古今连。
虽然未让青云识，却似逦悠绿海悬。
酷暑多凉飞客鸟，严冬劲舞见瑶仙。
广场榕厦如人意，一对清吟姊妹篇。

广场黄桷树

谁张绿伞对天昂，一树悠然缀广场。
翠色含情人驻足，穿枝写茂鸟余凉。
约来街舞乡音伴，扎下灵根个性狂。
昼夜默吟春力事，灵心四季谱兰章。

西充青三九

古镇云山四景芳，瑶枝十月果金黄。
会心开处含浆滴，井市休声品味忙。
莫道清风襟韵广，难收玉岭乳柑香。
应时种植新元始，三九休名富八方。

贺易经研究中心（二首）

（一）

易经探测溯基源，博妙精深国学根。
八卦阴阳知远古，三秋岁月懂洪恩。
人生总让凡微鉴，道德方成后辈尊。
千万江河归大海，罗盘定位福盈门。

（二）

乾坤博奥古通今，历史源头哲理深。
八字能排寰宇事，一辰诠释世人心。
凡生命运罗盘测，灵物平存布卦寻。
玄学千年家国柱，易经光大得甘霖。

临江仙·回乡

细雨一晴心自远，追随玄鸟回斜。暖风催步问乡家。路边新犬吠，惊了玉兰花。

莫道平春飞绿早，溪头栽种窝瓜。闲情约得小楼茶。沉浮多少事，何别再萌芽。（贺铸体）

鹧鸪天·回蒲村

伤别蒲村几十春，许多心事未随尘。花香故里游新客，鹭舞新村恋水云。

寻旧境，踏湖滨，当年稚趣最销魂。怡心总是青梅忆，竹马飞天我一人。

鹧鸪天·过柳溪小忆

柳钓灵溪春未迟，花香燕舞影随移。半山霞曙追新梦，一阵清风忆旧时。

过石路，向村西，小河击浪逞英姿。黄昏谁睡闲亭处？熟耳呼声却不知。

（原载《星星诗刊》，2023 年第 3 期）

鹧鸪天·蒲村春日

谁让清吟梦里狂？乡音典奥九天翔。经年逸力豪情壮，约得红花博爱彰。

春日媚，玉溪长，风摇细柳绿梳妆。云邀白鹭蓝天舞，十里蒲村倩女妆。

定风波·打鱼人家

常慕船头撒网郎，四时相伴似鸳鸯。斗浪飞滩同患难，无怨，一生恩爱好风光。

满网鱼儿花怒放，分享，活鱼新水酒醇香。日暮霞归星棹桨，歌唱，逍遥自在走长江。

渔家傲·游飞虎岭

虎岭岚烟游俊鸟，闲亭得意春风早。古柏柳溪多窈窕，羊肠绕，花香十里云天昊。

影映绿川人未老，悠游可让身心好。可惜胆薪天地小，情何了，渔家傲里童心表。

沁园春·粮斗山

粮斗崔巍，九日晨攀，与曙共颜。赏泉声回壁，层林绕雾，云环古柏，鹭舞新寒。殿宇宏经，福音夷远，心净无尘自俨然。风光里，佛语留香处，似吮甘泉。

岚烟往事千年。莫道是，乡音醉自然。赞民风淳朴，书声宏朗，峥嵘岁月，浩荡江川。纪信忠君，谯周载史，表老张澜一代贤。猛回首，雁邀云岭菊，紫映尧天。（苏轼体）

浣溪沙·莲湖觅句

举意苍穹云炽炎，蹒跚衫湿已成盐，何来雅韵入风帘。
烦恼移情莲叶碧，怡心博奥玉湖蓝，小词又颂藕新甜。

三、万紫千红

茉莉花茶

天成大地一奇葩，野岭香风向雪夸。
斗暑炎凉犹苦味，弄姿起落是新芽。
瑶池遍种峨眉玉，妙手偷移闹市家。
极品邀朋添旷逸，千江不息煮春茶。
（原载《星星诗词》，2020 年第 3 期）

梅

驿使凡心引续篇，云山斗雪积安然。
灵根逐韵英姿显，意蕊飞香画景燃。
不与群芳争主位，敢违风律约春天。
满腔霸气谁能替，一朵梅花咏万年。

兰

峡峪幽山剑气藏，心甘寂寞守孤芳。
清风拂面仙姿显，墨客敲吟逸羽翔。
品洁恭谦归草册，嘉贞决志入厅堂。
钟灵毓秀香千里，月下骚人得妙章。

竹

翠绿虚怀节气喧，风摇雨袭慰心魂。
胸存浩宇千秋志，骨毓名山万物源。
尺简无言辉史册，龙雕会意树灵根。
古今宏雅常吟竹，郑燮辞官举逸门。

菊

寒秋独立向天穹，解热亲凉妙药融。
一地乡篱寻雅客，孤心野岭接飞鸿。
妍姿入画闲情醉，嫩蕊烹茶俊味雄。
猛省陶公曾溺爱，原来骨气少雷同。

人生八雅序（八首）

剑影琴声德艺昂，棋盘世局定弦纲。
经书饱肚含毫壮，帛画宏音悦耳祥。
太白云吞东海水，吴刚酒纳月宫光。
兰花韵雅厅堂入，究味清茶国学扬。

琴

野旷云悠起籁音，高山流水鉴诚斟。
佩弦塞曲蹄声疾，酥手含香彩凤临。
司马争雄惊羽扇，孔明谋幄抚瑶琴。
乐坊丝管人生醉，万里交知泛啸吟。

棋

硝烟纸上剑跄扬，黑白交锋杀气张。
掠地攻城燃战火，挥师布阵欲擒王。
严关妙计条条设，陷阱弦机步步防。
楚汉相争兴霸业，一招不慎九神伤。

书

通今博古墨飘香，养性修身味道长。
仓颉坤元文字史，康熙果硕四书藏。
兰亭逸少千年雅，墨海文翁一笔狂。
润泽精灵陶俊义，炎黄国粹永弘扬。

画

天高海阔景飞扬，一纸腾云七彩光。
树草虫鱼花锦绣，楼台烟雨鸟飞翔。
丹青素墨横牵水，彻白新风竖凿塘。
信手拈来千古绝，中华国画史诗藏。

诗

国学天成韵味韬，灵均放逐赋离骚。
诗仙朗咏山回首，花月追风海起涛。
格律森严平仄守，文辞博落畅吟高。
大唐佳句今弘咏，万丈豪情九宇遨。

酒

聚友敲吟问九天，杜康佳酿月娥圆。
倾杯可壮乡夫胆，养志能添信笔缘。
直向知音寻永慨，欲除烦恼上峰巅。

人生有酒须当饮，半醉天成姊妹篇。

花

灵根抱土映云霞，饮露餐风俊气嘉。
百里幽香迷客雁，千年致雅钓诗家。
厅堂一棵门尊贵，庭院三盆玉绝瑕。
肺沁兰亭君泽寿，缤纷七彩世人夸。

茶

蒙山佑福接云霞，杨子江甜润绿纱。
绝色灵犀羞百草，余香酥手采千芽。
精工炙釜风含味，妙序常温水吐葩。
汲得时春天地汁，一杯文化走天涯。

山梅

百花殒落玉妃巡，占尽风光四野亲。
摇影多姿邀瑞雪，暗香无语钓游人。
匠心可画勾魂景，绿水偏成意向情。
老酒孤斟吟力酿，有诗精妙释梅因。

紫菊

窗台紫菊未争春，愿与童头叙友邻。
万缕幽香膺肺爽，千枝傲骨世情新。
含宏未让殊姿表，写意能邀雅韵驯。
久逸惊翔曾益智，灵心润笔自精神。

西山品菊

菊花金色却含光，不畏浮埃敢斗霜。
稚蕊玲珑雕傲骨，灵心剔透散幽香。
能招旅雁云头恋，敢驾秋风玉岭翔。
近日平康人感悦，灵光品菊步轻狂。

金斗山吟菊

野菊初开忆构争，甘离闹市自心平。
亲风吮露含人意，逐梦随溪枕水声。
上古天骄陶令醉，今秋妙句义山明。
霜标傲骨花成药，解暑良方总是情。

文尔山赏菊

天姿昂首向晨光，敢斗初冬冷冽霜。
杏叶纷飞金蝶舞，游人妙品日精香。
暮年取适何妨远，夕景余晖亦自狂。
一路孙儿尤稚趣，唱吟名句颂丹黄。

树下渔翁

仲春紫燕剪初晨，引钓蓑翁老树亲。
一阵清风摇细柳，几通蛙鼓泛龙鳞。
湖光映影闲云远，广岸搜幽凤语新。
莫道花香来复去，浮漂小动倍精神。

亲家生日

忠诚厚德性情真，俭朴恭勤信实人。
两袖清风千载玉，一腔热血八乡民。
慈躬不计功名利，隽辅能同日月新。
寿纪琳琅松未老，岁追彭祖倍精神。

赠鹤鸣山务学弟

六十春秋一瞬间，童音未改鹤鸣山。
弟兄同路青梅戏，岁月悠云白发还。
入道陶修乡味变，成人博爱旧缘攀。
儿时怪罪今交错，泪水无声诉阻艰。

赞信访人

纷争会解一良方，万绪千头义理张。
始志勤身谋福祉，初心举节辑柔肠。
认真厚意仁慈守，俭政维纲百姓帮。
服务精微求稳定，基层信访最阳光。

春游遐想

雨环云岭去时匆，欲寄乡情路未通。
燕子归家摇细柳，匹夫余步览东风。
一山草绿灵溪唱，半亩心田雅卉融。
律赋勾魂成独啸，随然小许谢天翁。

归乡题咏

写心难得故山飞，学步农居已久违。
目逐新光环野岭，情随雪鹭驾云帏。
重游岂识深杯趣，不察何知浅世非。
一路清风明彻悟，白驹覆水怎言归。

暖日遐逸

东风暖日步尤轻，水绕乡丘凤曲生。
一岭花香催瘦影，几群玄鸟逐新晴。
纸鸢争唤追天梦，垂柳逍遥体物情。
十里畅游人奋翼，灵犀可让白云惊。

致敬梦想

一园桃李沐朝阳，大写寒窗十载香。
笔下春风滋校德，心头俊智化天章。
勤身可破千山险，壮志明医百孔伤。
不尽豪情书战表，西充学子续辉煌。

早春游

独向亭衢欲远尘，一群归燕小村巡。
青山赤卉香余路，绿水光波柳掩津。
犬吠乡邻锄彼此，岭生天籁草频呻。
晨曦总让心勤励，旧景追风满目新。

夕阳寄语

许容孤愤又如何，春夏秋冬变数多。
璞石谁知成响玉，微风也可助天波。
勤身不懈人休德，写志方能学举科。
一颗童心催奋翼，白云朵朵载余歌。

春日偶游

闭户何搜惊蜇日，出城始见蜡梅开。
探元十里春风沐，信步三山博妙来。
广览新光成凤曲，追随旧趣上高台。
闲云慨惜青丝白，向宇清吟梦又回。

兰草吟

小草初衷近岭霞，谁知此举化天葩。
无心卖贵闲情淡，却得深堂显仕夸。
风逐幽香文锦落，根含妙质炙阳斜。
可怜多少清虚梦，未别凡人识岂花？

送别有感

新年又伴元宵去，屈指佳期翘首归。
游子返程多少路，吹云会意几村扉。
饯筵细语三冬暖，冷夜孤灯一寸微。
苦了青丝成白发，春风怎奈泪奇希。

吟味垂钓

僻隐垂纶可益身，清风野旷少凡尘。
宁心写志明眸远，敛影追踪匹手神。
水里谁知虚与实，渔标自识假和真。
养闲佳趣臻仁寿，溪畔陶然一钓人。

闲吟

人闲莫问是同非，僻隐含怀故里归。
不怕眸昏山路险，只知树壮土浮肥。
西风冷冽梅香送，北岭清吟信手挥。
季节油然愁鬓发，丹襟岂惧古来稀。

情礼咏怀

附攀权贵又如何？入土无声殒逝波。
万物天然谁尽识，一生情礼是非多。
古今厚禄名摇举，岁月辛艰步跉蹉。
预渡风云搜气象，避凶趋吉福成科。

雨后游

时雨仙滋老树铭，晴朝百鸟语交灵。
乡村信步风承继，玉岭追云手未停。
出日清光香密径，含怀小笔绘丹青。
解陶非是童心引，一步登天访帝庭。

落花感怀

千花落魄岂多愁，五爪金龙梦里游。
万古余光云可识，三生履洁枕无忧。
蹉跎应解求人苦，得意能知乞食羞。
历代功名如粪土，老夫何必去悲秋。

仰思

仲春玄鸟绕村游，哨守孩儿反哺收。
试问青山非与是，焉知白发喜同愁。
多年未解六尘惑，此刻元明百病由。
万物因缘何得已，人如草木念灵丘。

甲辰初八夜

寂夜孤星两手空，炎凉九万在西东。
壮年军旅侯门海，暮岁田园月影风。
血压攀高多百病，天怀傲骨少三躬。
童心不老豪情涌，古律新交气自雄。

雪

六角玲珑未有瑕，天神信手捏成花。
云山昨夜披银絮，乳水今时煮茗茶。
大写冰清元玉透，低吟洁白义风遐。
仙班不露襟怀阔，瑞泽丰年福万家。

甲辰初一游

好风清朗故乡春，小草通灵假日新。
淡绿情深元妙意，催青步释自然身。
流溪柳岸搜时景，隐业心田了俭贫。
莫道归来多切念，一条幽径远埃尘。

野草

平凡缀绿骨尤嘉，胜却春时彩色花。
落籽悠闲肥沃土，随然独立向乡家。
纤姿可敌秋霜袭，定力何须智者夸。
野火禽吞根烈盛，寒晖寸草得心芽。

小草吟哦

蹒跚仄杖欲修身，借道唐天倍觉珍。
笔下飞龙程万里，胸怀羡溢岭千春。
虚名自古何曾旧，岁月而今世事新。
小草一坡皆亮气，北风倾泻不称臣。

百福寺赏雪

寺庙冰封四野茫，冬风万里肺盈香。
密林泉石寻情趣，云岭亭台慕子房。
万树梨花寒夜落，三杯陈酒老夫狂。
怡心着意修天路，浓墨衔梅缀彩章。

大雪偶书

北风奇袭故乡城，碾碎寒云六角生，
一夜银光街道染，几群童幼玉雕成。
培堆洁蕊添灵趣，暂借冰魂咏凯声。
瘟疫消亡年及至，乡音随步最关情。

堆雪人

玉龙乘夜欲倾城，化凤青山洁白生。
晚叶童心追异彩，乖孙巧手塑寒英。
鼻尖配搭红萝卜，脖子兜围废纸楹。
尽致精灵充活力，浓眉淡笑似宏声。

壬寅小年飞雪

晓籁开窗玉面馨，万方瘟疫近清零。
一城新色来天地，几片寒酥入紫青。
瑞叶冰心祥兆客，年关雪兔礼充庭。
灶神侦报今成忆，腊月香风最养龄。

生日咏怀

不老云山七十秋，几根银发也风流。
一生傲骨陶书气，半亩诗田种自由。
得许孤灯文事会，难同众俊纸牌酬。
唐天有眼平安赐，习复乡音促壮游。

年末垂钓

时光逝水岁归余，半庙诗田若太虚。
冷冽璃窗朝露挂，温馨佛语利尘除。
风含腊味梅开放，日向云山绿展舒。
醒黠晨曦催仄步，湖烟垂柳钓鲢鱼。

龙年新元咏怀

瑞龙骞舞始新元，九域城乡鼓乐喧。
一夜生风春剪彩，亿家飞盏众怀恩。
岁丰腊味香千里，国泰安康福万村。
贺语宏声精励志，征帆直挂似星奔。

（原载光明网，2023 年 12 月 28 日）

癸卯大寒

破腊香风夜写情，天余曙色小窗明。
一湖寒气无禽影，半圃梅魂显义声。
势路何多阶坎处，余光莫少习安平。
十年乡酒休言冷，又让雄心碗里生。

冬咏三友

莫言百卉九冬伤，傲骨寒梅暗送香。
翠竹寒威彰伟节，贞松挺立守山冈。
满天冷冽无情义，三友刚坚助晓光。
盏后闲来多感慨，风摇旧梦九天翔。

小溪咏怀

岂言今古酒余香，一夜唐风味道长。

陡峭书山云雾绕，寻真信史利名藏。

人生祸福焉知化，日月来回报晓光。

莫采陶公篱下菊，小溪乡曲也流芳。

荷

九天仙女下凡来，遣送幽香老树猜。

映媚娇姿邀远客，怡神烈日照红腮。

娉婷碧叶游人至，会意灵根气节开。

六月湖光添亮色，清吟岂惧暑炎哉。

月下荷塘

落日熔金约众星，轻舟逐月荡仙庭。

荷风唱曲莲婷绕，碧水扬琴柳耳聆。

天地凝情催傲骨，池塘绿玉拽青屏。

出淤非染留芳赞，白发诗心静夜馨。

咏荷二首

（一）

六月湖塘别样天，魂牵梦绕话莲烟。

圆盘泻绿鱼撑伞，粉蕾飞香蝶吻仙。

玉洁源根廉亮节，泥淤铸品雅彰贤。

遥游纵晚乡山好，几朵红云水点燃。

（二）

芳心独付暑炎时，跃入心窗就是诗。
碧玉圆盘明月慕，清风傲骨普天知。
流年淡定争春艳，逐梦情深舞夏姿。
洁出泥淤高雅颂，幽香沁肺步犹痴。

残荷

碧玉圆盘早已残，浮烟未尽步蹒跚。
半湖秀色随风去，十月容光映日难。
负手桥头何逸举，深情晚夕岂偷安。
敲吟又朗星光好，半碗流霞一寸丹。

云村梨花

淡泊城池逐野烟，芳心唱唤万山川。
九枝嫩萼游蜂戏，一岭幽香旅客翩。
朴实含情披瑞雪，排虚吐凤学时贤。
虽然落力平凡事，白雪纷飞二月天。

门槛桠梨花

燕衔春锦向川冈，一岭梨花十里香。
艳雪描图勾冷韵，闲云得意赏时芳。
风微并入瑶池景，病起均沾宴日光。
四面落英争酿酒，悠然月下忘归乡。

古楼桃花节

动地春雷会物邀，普天红雨岭岑娇。
晴光露日怡心切，玄鸟追风柳叶摇。
万树丹霞迎远客，八乡佳语绕云霄。
古楼若与瑶池比，放朗乡歌味不凋。

竹楼品茗

竹楼虽小悦心生，一碗沉浮亮许情。
显仕焉知秋炙热，山农却盼稻粮盈。
凡今定位衣餐事，伟志倾聆国众声。
莫笑斜阳痴钝眼，黄人捧日与谁争。

静园茶楼

人生也有渺茫门，小事凡微气度尊。
不是才能无益处，只因境界有尘根。
艰辛总与收成共，幸福常随付出存。
咬定云程情免俗，勤心德话示儿孙。

宜春白茶

丹泉富寿洗愁肠，一碗沉浮念故乡。
蛙鼓灵溪多翠鸟，燕斜春柳剪斜阳。
庭前旧圃名花绽，桌上新书古味藏。
品定白茶知博奥，义风生翼梦飞翔。

114

莲湖翠竹楼

又去湖边翠竹楼，乡情入座语何休。
几多墨客谈今古，一碗春茶映水丘。
义趣随新飞玉岭，雄心依旧向云头。
少年故里交知仰，分得开怀释积愁。

飞虎岭茶亭

难得闲余冷字斟，小亭诗句入云心。
花开玉岭环新径，鸟语青峰绕旧林。
一阵清风勾炽酿，半溪泉水拨孤琴。
山茶也有乡情意，斗碗鲸吞野味深。

秋日偎月

九宇银钩四野收，悠然自在冷辉留。
游人习见心余念，旅雁追飞步未休。
劈泻千山明水驿，屏遮万里隐城楼。
邀云入盏风清爽，妙墨难描一钓舟。

峨眉竹叶青

峨眉绝顶吐春芽，竹叶风香万众家。
翠滴沉浮天地事，神交动静岁时花。
一杯隐现灵和气，百口方知迩与遐。
极品渊含今古月，孝标情厚九州夸。

115

巴山雀舌茶

巴山雀舌早争春，雅味香风厚养人。
几片沉浮滋澍雨，半杯温暖蕴元因。
悠然水载渊明梦，慨爽天成陆羽邻。
四海通衢邀极品，只因佳茗与时新。

名都碧螺春

瑶天惠赐一桑麻，聚友云楼美味遐。
色彩余春惊旧梦，香馨满屋促心芽。
慢杯品茗乡音醉，置腹敲吟夕日斜。
世上通灵何草木，临溪畅饮碧螺茶。

梅开情愫

常于闹市逐时芳，冷淡千年斗雪王。
一夜香风终得讯，三山冽厉尔清狂。
古今草木多灵性，岁月春光到故乡。
几度沉迷终启发，梅花写意少愁肠。

赏梅有感

梅魂雪洁适天宜，德水奔流自入诗。
岭旷花香春日早，云闲志念学程迟。
不因及利常遮面，岂可虚名也妒痴。
正气新吟能染后，憨言可驾彩云驰。

金斗山梅林

闲吟不别去争奇，岭上寒梅最适宜。
傲骨灵心春日晓，浓冬伟志雪天驰。
山邀冷冽神清爽，眼览瑶枝梦亦痴。
岂惧斜阳今向晚，香风早已报春时。

大寒咏梅

浪迹云山剑气雄，千年园苑受尊崇。
寒香可绝尘埃味，仪质天成厚德功。
习惯恩荣如逝水，标持伟节咏诚忠。
厅堂几朵金波映，多少凡才孰可同。

寒梅

寒香岂为早春荣，独立西风伟世平。
万朵冰心融古雪，三冬义气淡虚名。
门庭敢表澄岚恋，岭上高挥冷月擎。
傲骨无须鹏赋咏，四君元首见深情。

胡杨

云游大漠话胡杨，沙海欣翻闪亮光。
戈壁千丘生柳韧，脚边一水映林黄。
莫吟蜀地秋园茂，却赞孤烟暮岁苍。
物与人同多傲气，初心不改在荒冈。

月季

严冬绽放倍尊崇，乐与常年四季融。
曾伴荷花邀夏日，怡随紫菊斗寒风。
世人独爱春天木，骚客清吟傲骨雄。
慰我闲情生雅志，窗台善种月儿红。

三角梅

窗前一树赤花荣，曙影晨风彩蝶争。
一阵嚣声侵意境，几群吟鸟化怡情。
寸眸无奈心余憾，半会回神笔概平。
只恨机缘如电闪，灵光未释岂交明。

玉竹

生来不怕雪霜侵，敢向灵霄咏凤吟。
野岭追峰驯乱石，天根傲骨斗寒心。
蔡公帛纸浑身碎，谋圣箫声一计深。
四杰余光辉晚节，老夫何别问升沉。

溪竹

为何翠竹伴溪岚？一水容姿浅底贪。
日月清风云鸟戏，春秋亮景酒声酣。
虚心直面凡尘事，劲节盈含老学庵。
纳异寻微多慨惜，天成僻隐不骄憨。

春笋寄言

稚笋焉知复返寒，春含料峭冷然欢。

风摇脆骨无回力，虫食光身岂熟鼾。

梦里轻歌情自许，龙潭活水定生澜。

艰辛可助孤尖立，跃上云头事善端。

香芦茶（二首）

（一）

山茶入盏味尤殊，解热清凉百病无。

碧翠天成千叶汁，凡身净化一心珠。

花颜映彻青云志，悦色轻翻白领娱。

灵物登堂谁可敌，儿时消暑总盈壶。

（二）

东风玉岭百花昂，儒雅繁枝却未张。

水墨勾描微绿色，岚光会剪淡青妆。

儿时不识薪柴少，今日才知瓦盏香。

素洁虚心人感慨，交亲一饮远炎凉。

仙人掌（二首）

（一）

绿滋灵物掌如仙，长驻沙洲可映天。

缺水高温根却扎，多风久旱志尤坚。

爱心总伴平凡事，举意常书别样篇。

遍体芒锋何暴露，条条荆棘颂时贤。

（二）

万里炎风大漠关，白云戈壁少青颜。
天成一物形如掌，体布千针绿沁山。
失土憨顽拼烈焰，与沙弥合问微漻。
浑身奉献因何苦，总是雄心克阻艰。

桂花树

桂香浓烈古今夸，瘦骨随风卓远遐。
一夜金银盈绿叶，千年富贵纳朝霞。
无穷义味云邀影，不尽仙姿客恋家。
勿怪吴刚私酿酒，仙人浅事说凡花。

广场吹笛人

何人吹笛广场中？断续声随断续风。
响遏悠云横绿水，清和烈日约乡翁。
短衫白发犹英奕，铁马冰河倍极崇。
曲罢不知名与姓，余音十里绕晴空。

青山九柑

雨润青山树敛荫，一方风景步千寻。
春枝养志争充茂，嫩蕊含羞写奥深。
德守岚光凭鸟唱，匠成香果引君临。
欣欢十月丰收季，九市浮摊尽是金。

槐树花

槐花悦眼路碑旁，始夏摇风送洌香。
万串银铃头挂白，千枝嫩蕾体披黄。
云村酿酒成佳味，大道含姿得雅章。
驻足凝神人俊逸，灵因一梦到山乡。

金银花

房前细蔓绽奇花，命注今生福万家。
解毒清凉收婉顺，消炎杀菌护灵霞。
茎流厚味新妆淡，叶蕴灵光喜气嘉。
捡晒元身皆入药，闲来慢煮赛头茶。

街头下棋

楚汉交争不见伤，排兵布局誓擒王。
荣枯得失元精定，进退升沉节气张。
妙杀灵犀成大业，攻谋勇者铸辉煌。
人生德艺硝烟鉴，一步皆输味道长。

茶楼偃月

白发闲来变局研，虽无杞国却忧天。
茶楼亮话沉浮事，古赋抒怀得失年。
傲骨诗风谁与共，豪情世义我争先。
登高自信云烟少，偃月挥竿钓大川。

焚稿葬花有感

赤霞仙子下凡尘，值遇灵河绛草神。
尚想姻关荣国府，谁知泪洗石头春。
颦儿焚稿晴飞雨，宝玉联婚夜举陈。
布局红楼书古典，情关不识葬花人。

冬归

一夜西风驿岭驰，晚秋萧瑟菊花知。
征鸿错怪寒霜早，蝶叶何疑步履迟。
哪有稀年人似铁，谁堪冷月鸟游枝。
九天云际乡心切，怎负归程约会期。

早春悠游

丽日云祥俊鸟宣，寒梅绽放步悠然。
莲湖柳信游凫送，化凤山阶瘦影翩。
试比峰头高五尺，需存业力越千年。
糊涂不问功名事，酒里乡情又可研。

咏题

齿学渊含万里程，锟钢淬火傲然生。
谢公自有云端步，苏轼曾宏大海声。
莫道孤心无逸劲，却来诚意对深情。
清风了断昏烦事，畅饮流霞皓月争。

读天安门赋

蜀地西充一俊贤，灵心叱驭史诗篇。
挥毫放揽千江月，奋志情怀五岳巅。
咏颂英雄流热血，扬歌拼搏立新权。
广场留赋春秋载，耳熟乡音响九天。

读聊斋诗

聊斋再读夜无眠，爱恨情仇别样天。
狐鬼知交花界事，凡心不识世人缘。
松龄志异何曾古，厚德仁慈岂是烟。
离合悲欢多少梦，冷光凄泪感神仙。

夜读聊斋

寒秋品读味尤殊，窖酒头茶有也无。
独向松龄求意境，偏来旧客问新途。
惜缘自毁千年道，为爱心甘万代奴。
一本聊斋多幻想，凡尘势利不如狐。

深秋切念

习隐归乡正八年，旧家虽小远城烟。
一园香桂邀明月，几碗金波学谪仙。
白发童心今未了，少儿佳梦切情连。
咽喉涩滞常多念，试问南山可有田？

秋日农乡游

偶得闲情写近踪，灵心又让玉溪融。
岸边弱柳蝉声急，亭子头茶妙味浓。
碧水清吟鱼滞底，桂花潇洒日偏峰。
谁移一片瑶池景，暮色流连向九农。

化凤山吟秋

何时白鹭远莲塘，几阵金风格外凉。
万里高天飞旅雁，一山秋菊对银霜。
登峰驻足谁堪解，乱鬓搜吟首却昂。
瘦树方知寒日近，岂甘垂手别孤芳。

临湖春雨

甘霖厚泽倍含情，驻足风微四野荣。
紫燕裁云花蕊绽，农家列植圃田耕。
眼收两岸青烟直，步与千名俊鸟争。
一碧鳞波欣绿柳，乡音入耳动心声。

自题

一圃时苗盼上才，谁知竟是命嗟哉。
千天可鉴酬勤道，滴水定能穿石台。
半碗沉浮多少喻，百年离合死生猜。
春冬必有昌衰草，病困何缠奋翼人。

寒夜偶忆

童年短暂梦留今，竹马砂锅伴七音。
趣味常随山野尽，怡声偶得枕边吟。
一生多少云烟事，半碗沉浮日月心。
众里寻他千百度，寒星寄意露珠斟。

阳台观花

虬枝枕倚接窗台，几朵天香约蝶来。
欲唤东风亲化笔，却因狂墨近平才。
碧芳常恨春寒戏，倩影惊怜暮色裁。
黛玉多情花落去，佳人悲泪怎能猜。

故乡祭友人

新坟侧畔响泉声，望拜皆因稚嫩情。
一对黄莺穿旧涧，万微春意谢连晴。
霞光似箭林烟晓，瘦骨回眸步履轻。
多少顽童随鹤去，渊含泪雨对谁生？

夏日牛卧岭会友

焦炎炙岭与朋游，汗水成盐步未休。
七十雄心何足力，一腔余热誓消愁。
人生自觉昭如故，野草明迷晚入流。
莫问前头多少路，童年趣事等闲收。

门前小店

小馆经营允亮招，与时少艾倍多娇。
和音悦耳乡淳化，土产拼盘美味飘。
爆满皆因公实价，慕名兼有热情昭。
品牌印在民心里，细柳蛇腰必促销。

仲秋游金斗山

金斗危巅学放眸，前方绿海可清愁。
鸟声环壁林山响，菊节飞香客旅稠。
旭揽霞光探谷底，晚追云鹭绕峰头。
悦心今借鸿钧手，驾跨青龙画里游。

初冬访友

一湾碧水向村东，枫叶经霜格外红。
菊蕊清香邀久客，橙黄压阵笑寒风。
新楼犬吠无人唤，老树孤愁有径通。
大野银锄谁在舞，莫招忙碌犷顽童。

小桥送友

三庚信步小桥东，偃月悠然赴水宫。
一路炎氛欺瘦骨，半湖仙子接殊风。
友随列岸虹楼远，凤唱山歌雅趣同。
作别交知心寄语，无言却勉白头翁。

柳溪唱晚

余生恰似小溪舟，许允雄心向海流。
两岸青山常筑梦，一壶乡酒可消愁。
清吟总送霞花远，信步偏寻曲径幽。
笔里含情多少事，敞开襟韵大江游。

庚子寒春

春风早已走天涯，二月龙山却少花。
霜冻寒枝余世味，响雷惊笋未抽芽。
几声犬吠迎归客，两岸乌衣剪旭霞。
纳步搜寻童稚路，野芳万朵远人家。

回乡

世味由来薄似纱，谁能慧眼识斑瑕。
故山昨夜春雷动，古镇初晨井市哗。
白纸一张精细剪，襟怀万绪略交赊。
乡心莫让凡尘困，冷雨清明祭素花。

种瓜归来

七十偷闲学种瓜，勤身促步接朝霞。
童心茧手追云路，绿叶春光写志嘉。
百卉生情三亩地，一藤发力满园花。
农耕炽酿桃源酒，月下灵溪绕旧家。

虎年踏春

古柏擎天护岭东，闲情约步问春风。
小溪水碧梨花白，宝树娇黄月季红。
别墅低檐飞紫燕，时苗菜圃守乡翁。
一游更觉家山好，暂借余光练内功。

夜钓嘉陵江

水月依然伴瘦翁，谁知不寐是江风。
养闲把钓无凡俗，得意流光有敬同。
万里星天何博妙，一人乡树认熙鸿。
果州灯火蛟龙舞，唱晚归时两手空。

种瓜偶书

银锄奋力落灵溪，种罢瓜秧日已西。
宿鸟啼声惊玉盏，清风拂柳掩河堤。
弄姿野卉怡心远，斗径村烟古柏低。
一夜星光多画意，流霞博奥约啼鸡。

秋夜暴雨

落叶敲窗暴雨生，一声霹雳九天惊。
朗吟孤剑云天远，闪电连光黑夜明。
浊水掀波来势猛，悲风咏啸屈全争。
长街四野灯难见，不尽翻波困古城。

子店识君

闹市尘凡不可寻，灵溪子店夜披襟。
灯明酒客容光亮，菜美拼盘土味斟。
白发怡然嗟问学，乡声偶合得知音。
绝精厨艺安如貌，见许门前朗醉吟。

过莲湖会所

一湖云影蕴芳姿，初夏风微踏岸宜。
细柳遮桥飞白鹭，闲亭挽客赌牌棋。
路人驻足酣然醉，瘦骨含眸若有思。
多少楼台开会所，治标难道未成知。

暑日过广场

广场垂柳绿光妍，影入池塘数十年。
几阵蝉鸣炎沸炽，一群家雀嘴尖涎。
顽童见景加油喊，瘦骨含眸驻足怜。
世上纷争多少事，岂知开益是随然。

嘉陵江垂钓

月钓陵江水切情，青霜夜冷鸟无声。
灵心欲拓通天路，淡泊诚言近果城。
酒慰勤身童稚苦，诗吟傲骨老来平。
冤禽填海多年志，一口乡音唤乳名。

读《凤求凰》有感

长卿一曲《凤求凰》，劈历安留杜若芳。
博得才名封圣赋，方赢结爱破条纲。
文贤也有悲欢事，奥宇何成冷热光。
比翼双飞多少鸟，高低自会见情商。

莲湖高考考场

细柳晨风水目香，莲湖换了一新装。
成群野鹭桥头舞，十载豪情笔下彰。
学子心声连万里，试题深奥竞三光。
闲人不解场边事，多少椿萱此刻惶。

忆家严

家严励节祖宗方，厚德忠公久以常。
不问人生名与利，但求殷众福同康。
乡山小路存余影，柴户冰心送热汤。
几十年来勤政事，清风两袖一廉章。

砖工悟道

建筑砖工志力张，高楼拔地与天昂。
填平补缺双边稳，抹角方棱六面光。
职业单纯含哲理，凡尘复杂入非常。
为人若是精同道，左右逢源两不伤。

螺丝钉颂

德泽流光一小螺，工程配件用途多。
拴牢航母游深海，固紧飞船览瀚河。
昔日雷锋曾巧喻，现今技术已成科。
于微敬业通灵物，奉献精神万众歌。

家山采蘑菇

家山又赏孟秋光，为采蘑菇我破荒。
路陡林幽荆木困，蜂多苔滑瘦身伤。
清晨自信收存满，暮日才知积敛惶。
此次艰程陶世味，珍肴野菌苦非常。

仲秋月下

兔月开云示指津，欲扶鸿鹄破迷尘。
童年慕义青丝白，暮岁精微世局新。
万里秋山飞落叶，一溪泉曲激元身。
松龄未第雄心在，劝励蒲门几代人。

落叶

童年折翼困云村，为释歧迷一路奔。
异地精谋生计事，退休居忆旧时温。
宽仁孝义铭心底，落叶归乡沃树根。
七十虽然余日少，欲留雄句报洪恩。

某君

茗茶书报一包烟，服务忠诚挂嘴边。
民苦几曾公职议，工程独断合同签。
花言善接青云路，变脸能收礼赂钱。
盛世清风金卓尔，谁知利剑早高悬。

算命先生

长衫墨镜假时髦，一口甘甜舌似刀。
八字生辰含妙博，半张黄纸算人曹。
佞言骗客银钱付，敛态消灾计策高。
倘若天书能改运，街头你别受煎熬。

退休咏怀

龙山欲上白云巅，水润蒲村百卉鲜。
野鹭悠闲环古柏，乡翁决志绘春天。
灵溪映柳怡心涌，燕子衔香厚意绵。
一地清幽多化景，流霞不让俗风研。

寂夜秋雨

秋雨连绵寂夜凉，桂花飘落手余香。
云烟锁路迷孤雁，岁月休名觅宝章。
欲眼何穿千里雾，义怀陶化九愁肠。
一生多病雄心在，可与金风换嫁妆。

小孩推销

四岁男童守坐摊，天真活泼手拿单。
张皇笑脸多情义，稚气精心显烂漫。
糕点披萨兼外卖，价廉物美可时餐。
持家立业孩子始，时代如今不一般。

孙儿滑冰

孙儿放学滑冰忙，盔甲明装斗志昂。
屈腿弯腰轻似燕，抬头伸手快如光。
忽然跌倒回眸笑，妙速修原展翅翔。
稚气嘉苗皆早育，明天即可顶关梁。

会小学同窗

北斗余光月似弓，黉门话别酒楼逢。
小亭雅致新人老，鬓发稀微旧节同。
七十飘零音讯渺，一怀仁厚赤心融。
同窗异地谋生计，见面无声两眼蒙。

小村春早

时雨雾霏润竹冈，银锄镂绘小村光。
淡黄细柳随风舞，嫩绿精灵约燕翔。
旷野嫣红刚饰表，菜田翁媪晚回庄。
早春寒暖情尤妙，一路莺声促步忙。

癸卯初春回乡

雨后云山薄似纱，含怀旧景沐朝霞。
霜梨一片陶成雪，柳絮千村竞吐葩。
浅绿抬头非众草，和风约燕可分茶。
春光促步人心爽，过了灵溪就到家。

故山会友

故山秋色总关情，柚子金黄写景争。
陡径含雄云熟晓，桂香沁肺菊初荣。
林幽促步惊时鸟，旷野来风得籁声。
久客相逢何颤抖，多年别泪自然生。

兔年二月游

老树抽芽燕子飞，清零绿码喜春晖。
湖光潋滟风摇柳，井圃昌盛凯切扉。
信步怡心新翠近，搜吟写志故山归。
天龙仰首情多少，二月斜阳共翠微。

兔年初二垂钓

一湖春水草鱼肥，迎曙持竿钓晚晖。
柳岸和风飘幻异，小楼朋酒笑声飞。
满城烟火苍穹照，四面青山亮翠微。
逸兔不知悬偃月，只怜空手不能归。

童年忆

晚叶童年慨忆深，家贫辍学路研寻。
春寒屋漏倾盆雨，暑热尘迷势友心。
斗碗粗糠随野菜，耕田竹篾勒怀襟。
云烟往事天成意，原是人生一桶金。

中南村春钓

近水春熙百卉开，城中钓客小村来。
风邀紫气花香蕴，燕舞田园切倚偎。
野鹭湖天鱼跃守，灵溪步鼓曲曾猜。
焉知夕照青竿染，初上星灯一路催。

落花

粉面多情恋仲春，凌风不待赏花人。
白云虽把小山绕，炯冷居然大地巡。
三月原何生料峭，四时如化有原因。
溪头负手飞香处，远了怡心怎养身。

初春郊游

梅香沁润绿连枝，细柳摇风步履宜。
机器轰鸣春日早，乌衣剪景曙霞迟。
是谁井圃时苗植，换得山村奥气驰。
翁媪备耕人感慨，小楼骚客可曾知?

夜宿桥店

月高星淡夜阑时，窗外斜来玉蝶枝。
伟岸何缘凡念衬，冰心总约朗吟宜。
余生即逝人曾忆，欲眼天成景化诗。
瘦骨童年多少趣，灵溪古柏最先知。

川剧义演

鹭舞高天俯石堤，鹅黄细柳掩泉溪。
小桥水暖渔家笑，井囿烟环久客迷。
一阵鼓锣人亮气，两声川剧笔灵犀。
儿时景慰归根叶，义演终场日已西。

秋夜归凤山

秋深夜冷月高悬，难得闲情问大千。
步逐金风寻绿玉，心飞古寺近云巅。
幽林宿鸟凌惊起，佛阁灯光隐约燃。
几缕清辉多雅韵，菊香无语却争先。

晨游牛卧岭

九曲牛盘路未成，云游得意好心情。
金风早报晨曦晓，仄步迟同旅雁争。
驻足凉亭夸酒圣，周全野菊伴秋声。
乡音悦耳眸光亮，一首清吟岭上生。

乡山拾菌

梦里蒲村野菌香，炎风促步向林冈。
青苔茂草缠嘉树，历叶枯藤掩曝场。
热气煎蒸身透雨，胡蜂乱舞手留伤。
半天艰苦何收获，有趣闲云一大筐。

春游故里

初春万物习心翘，燕子环村柳信飘。
小草才萌三寸叶，时花已显九成娇。
追风负步家山路，写念回眸井圃苗。
一阵乡音翻旧忆，陈祈百卉不能凋。

仲春云游（二首）

（一）

二月清风万物荣，云悠故里步尤轻。
媪翁已启桑麻事，山水能知动植情。
昨夜星天留旧忆，今晨绿海兆昌明。
鸟鸣婉转通灵意，一路香含古韵声。

（二）

细柳抛光瘦影来，云游两岸悦心开。
为诗我问湖亭早，纳步方知习事颏。
碧水通灵陶玉镜，高天舞鹭向林台。
童年壮志随春到，吟写桃花不想回。
（原载《中华诗词》，2019 年 11 月）

表弟进城

表弟登门土货酬，时蔬野兔腊猪头，

一身汗水衣衫湿，满脸风尘喜意游。

落座言谈臻叶贯，举杯豪气震云楼。

他非昔日家贫困，想毕今天也入流。

重读《增广》

《增广》崇弘淡定心，方言熟语用宏深。

功名好似云烟雨，康健清超义岁金。

检束贪荣多福气，疏财仗义少霾阴。

一生素味能乡化，月下流溪玉露斟。

云村之春

一夜云村出染房，湖天靓女绿滋妆。

晨光逐梦莺声近，玄鸟轻歌细柳扬。

十里青山游远客，几枝红蕊越高墙。

风清蝶舞闲云白，驻足原因酒味香。

红楼梦好了歌

红楼梦里一癫歌，白纸心开血泪河。

粉黛情尘寻慰藉，憨才宦海惹蹉跎。

功名侍枕烟飞尽，世俗存胸病可多。

万事随缘何利欲，凡人也会逐南柯。

五月农家

龙山五月水余欢，僻地秧田略带寒。
油菜刚收何日晒，麦头淳熟恐虫餐。
老夫虽懂农家活，妙景何寻病体安。
入夏天高云万里，清吟可否泛文澜？

冬日夜

竹掩云村夜慕平，西风初始犬狂鸣。
高天月拽元冬叶，金色团书玉岭橙。
虽有寒流欺老树，却来香气入新荣。
归根自许乡山好，梦里春光最动情。

过考场有感

连晴六月炽炎昂，亿万兼心在考场。
笔向书山寻捷道，汗流题海润枯肠。
灵乌寄意春园日，学子交神洁玉光。
父母追陪情可释，谁知苦了少年郎。

冬日出游

冷冽攻城势未休，灵犀万物恨冬愁。
莲湖白鹭头衔尾，玉岭黄桐叶变舟。
两岸西风追褐蝶，三山红橘斗寒流。
诗情独把春心蛰，不待梅开已出游。

久雨新晴

晨曦会意示新晴，步逐泉溪往事萦。
竹柏摇天风唱曲，唐诗入耳酒香城。
林山鸟道层岚绕，剑壁红花野趣横。
万缕霞光穿密树，心田种满故乡情。

柳溪遐念

回乡白鹭已挪窝，小路难寻九道坡。
昔日游霞童趣少，而今得句啸天多。
清晨又把家山忆，夜夕全声韵海歌。
习隐焉知麻柳水，北风吹老柳溪波。

月下孤灯

月光余景与谁融，瘦影孤灯志却雄。
风乱水天浮紫气，酒含勇烈约云鸿。
满屏微信温馨载，一缕乡情厚爱通。
夜暮林山犹可忆，几多心绪际无穷。

野塘春钓

野塘晴碧草鱼肥，垂钓悠闲久未归。
万里春光潜入水，千村柳树惜流晖。
风来一片龙鳞远，手舞双轮塑线飞。
篓子空凄时不早，函装偃月得研微。

绵雨

一夜飞花远了春，连天细雨困闲人。
乡山两岭云低矮，白鹭成群俯水滨。
曳绪廊桥沾柳岸，青风玉镜泛龙鳞。
游声借得童年笔，又在瓜田炼瘦身。

乡山寻友

澈亮泉溪入浚潭，黄莺妙语绕烟岚。
风摇细柳鳞波曳，步向云峰曲径探。
旧景多情人未老，余生隐憾竟成憨。
童年竹马今何处，岭上荒凉冢墓酣。

媒婆寄语

穿针引线一媒婆，巧嘴攻心办法多。
万里闲云情可寄，满腔诚信眼含波。
毕生力拓姻缘路，几语修通大爱河。
尽管尘烟无定律，凡花结果也成科。

乡路春光

小路晨风略带凉，田园夜换绿衣裳。
明霞滴露新芽吐，细柳环堤紫燕翔。
十里云山飞七彩，一溪春水伴三光。
鸟音悠婉赊灵感，冷句难搜梦一场。

瓜田风雅

亲书远俗恋农家，草帽遮颜试种瓜。
起舞闻香清肺腑，挂犁煮酒赏烟霞。
邀星品月陶诗境，梳竹扬琴品乳花。
暮鼓童音催老马，萤窗绿意发春芽。

雨后春晨

春风夜雨肺吟香，仄杖攀峰石径昂。
梦约雷鸣催古树，闲邀鸟唱洗愁肠。
远山一缕晨光亮，近水三分绿气扬。
岭上红花争入眼，半壶乡酒染头霜。

羽扇

羽扇风微也煽情，精研此物释根茎。
孔明把玩功谋得，我辈轻摇爽意生。
世局通灵金入史，诗词伟妙朗宏声。
熔陶习性非凡处，写实油然岁月荣。

孙儿假日有感

秋初酷暑未成移，正值孙儿放假时。
慨忆书山勤有路，回眸学海苦无期。
英才辅导黄冈卷，课外开通奥数题。
稚幼陶心尤可敬，谁知重负步非宜。

雨中游

细雨乡情翠竹冈，一元天幔掩楼房。

神清气爽心尤暖，路近山平意未凉。

漫步如诗寻旧梦，明眸审势度时光。

老夫岂惧前头险，信义铭怀走四方。

街头菜贩

翁媪沿街贩菜声，忽然城管吼雷鸣。

心惊胆颤棉衫湿，步急筐翻祸事生。

都市容颜人尽责，和谐治理意需诚。

倘如职位能交换，家计头题自有情。

过斑马线

十字街头倍惶恐，一临斑马背心凉。

翁孙始腿惊鸿显，车子飞奔闪电狂。

血压升高尘满面，神魂未定惑荧肠。

灯标缺失谁之责，故事滋繁乱似常。

居山

居山独爱近林泉，陡峭奇峰好紫烟。

古木擎天云鹭舞，小溪流水塞曲绵。

风琴偎月悠声婉，晚叶银霜步履坚。

多谢童年灵物识，枝头野果味尤鲜。

读陶渊明诗

东晋田公五柳申，与时隔断少凡尘。
悠然自得千情习，偶尔闲来一菊亲。
种豆灵心余句妙，挥毫举意满园新。
不因官事慵诨困，甘愿桃源世外人。

秋声

童心似海浩无边，四景乡怀也入笺。
万里金秋山一色，半湖明月影千年。
雁声早到蒲村岭，野菊迟开佛眼泉。
我慕唐风多妙奥，此时信向白云巅。

读《梦游天姥吟留别》

是谁放浪白云边，截句豪情万仞天。
博奥幽潜凡格事，精微标显出奇篇。
一生习学人休范，半亩归耕志慕贤。
晚叶乡山追逝水，借双云屐可追仙。

壮游

学识精深得壮游，时光易老不回头。
山河万里含元色，草木千名缀绿洲。
二两乡风勤佐酒，半壶新茗独香喉。
神州四景春江月，跃上云天一眼收。

乡山晚归

酒入枯肠未了情，旧时儿梦自然生。
霞光破雾秋山翠，古柏擎天野草荣。
水涨灵溪鱼凤跃，藤环驿道彩图成。
云游又是归来晚，犬吠鸡鸣皓月惊。

初春

一夜风来旧景新，清香沁肺问初晨。
流溪细柳欣含绿，野岭闲云慢结姻。
翁媪诛锄田垦事，灵溪谱曲鸟争春。
谁酬远客悠然咏，岁月如流瘦了身。

雷公生日

雷公宇庙守云村，奉祀千年佑子孙。
大殿玉清天地统，诸司普化古今存。
八方故事何成史，四季香风挤破门。
欲去尘嚣人尽拜，承前一敬又怀恩。

夏日村居

初炎柳岸燕穿梭，叶绿瓜甜野鹜多。
院后枝头梅子熟，门前坝上稻花歌。
晨吟碧水声嚣远，夜纳清风竹影娑。
最喜金波钩皓月，一湖新蕾舞探戈。

梨园偶书

龙山老树发新枝，嫩叶摇风吐蕊迟。
万朵含羞陶雪色，几坡游客赏花姿。
幽香约得瑶蜂近，诗意邀来彩蝶痴。
驻足流连寻冷句，夕阳西下鹭争驰。

农家一瞥

草帽罗衫立地头，扛锄赤足少闲悠。
面经风雨添沟壑，外溢怡情远浊流。
绿水无心装日月，笔尖通雅有春秋。
山茶识友溪流守，瓜果三餐不用愁。

会小学同桌

雨后云山万物新，竹楼乡味约同人。
多年异地无音讯，此次莲湖有宿因。
细问星霜何染发，才知直傲也伤身。
三杯饮罢神清爽，一阵飘然泪洗尘。

月夜吟

儿时白玉泻湖天，料峭东风细柳翩。
一夜鹃啼勾旧梦，几声犬吠唤村烟。
推窗难得香花袭，下笔方知淡墨怜。
只恨余生霜染鬓，乡心不老夜无眠。

荷塘月夜

荷牵月色共婵娟，步驻莲塘梦九天。
几颗流星巡碧海，万家灯火镀银船。
轻风拽柳催蛙鼓，绿镜翔鱼护水仙。
福润蕾花酿盛世，民心海浪一诗篇。

深秋夜话

群星拱月夜无眠，盏映云楼往事牵。
愁绕心头何落笔，苦缠纸上岂流连。
路灯已照闲游客，瘦影焉成贾岛仙。
静气平心谈得失，人生五味自悠然。

落花闲情

何别含愁问落花，金黄北岭是乡家。
功名莫向余生路，义气常栽古雪葩。
谁说身勤存举意，只因秋爽有云霞。
蒲村小憩闲情逸，借把天梯九宇爬。

吻秋

日照蒲村紫气雄，菊花昂首向飞鸿。
丹枫早把青山染，黄叶迟将绿水融。
十里藤枯遮曲径，一层香雾毓朦胧。
闲亭歇脚情无限，四海金风是否同？

147

深秋遐宇

蓐收沾赐瀛壶酒，醉得千山万里红。

日照陵江云向淡，逸游金岭菊争雄。

湖天有鹭随眸尽，石径环烟与树融。

歇步乡亭情自爽，一群征雁借秋风。

雨后金秋

雨后金秋最煽情，高天得意瓦蓝生。

灵溪问盏翔鱼品，雀鸟归林与鹭争。

陶菊悠然人致远，夕阳恬淡路宽平。

怡心总是乡山水，一阵凉风感梦耕。

寒秋言喧

寒山落叶诉凄凉，几度严风带树霜。

玉液频斟愁未了，浮名觅句梦游翔。

心怜午夜悲鸿苦，意对吟窗纳菊香。

九曲枯肠多润墨，严冬也会有春光。

孙儿捉蝶

彩蝶悠然恋艳花，孙儿扑地学虫爬。

闲云会意岚光掩，稚肺通灵伏气嘉。

闪电飞身驰袭击，怡情示手演擒拿。

小园又把童心挽，汗水沾衣不返家。

孙儿捕蝉

万里炎光日彻悬，孙儿促步广场边。
抬头蹑脚摇挥手，伸网屏呼欲捕蝉。
忽地惊飞高树绕，又回原处柳枝缠。
风驰闪电擒拿术，丰获兼收喜泪篇。

莲湖觅春

东风昨夜到湖边，绿影诗耕半亩田。
白发迎新寻旧梦，莺歌逐水破遥天。
名追万里仁心苦，目入千毫韵味绵。
羡煞渔翁银线远，倚桥钓得彩霞翩。

秋韵

秋光换了夏时风，入目烟霞又不同。
白鹭翔云高且远，青山问径陡含雄。
满天星斗环圆月，一碗金波朗昊穹。
桂树怡情迷浊眼，不知新菊约飞鸿。

秋凉始步

时风昨夜动帘钩，急趁清凉博览秋。
处暑归零炎热远，菊花怒放雁群游。
云烟去往何曾老，岁月浮沉步未休。
几度峰头频极目，夕阳西下白头愁。

茶楼唱晚

平仄灵心悦口居，时光易老岂归余。
晚舟谁把春秋续，傲骨焉能日月虚。
多少愁烦常问道，上千充悦可成书。
古今至净非凡界，但愿逍遥福九如。

晚秋新语

莫用浮名养瘦身，金风也可化心尘。
千山晚叶斜阳染，几句清吟故里亲。
隐业谁争权力事，悠闲自蕴子安神。
一生淡泊无烦困，笃睦才知幸福人。

末伏咏蝉

一口蒸锅炽灼雄，马蝉谋局却非虫。
攀高欲把仙枝附，躁乱何嫌竭力穷。
习识江湖红眼客，垂成暑日白头翁。
清吟末伏堪谈笑，天下趋炎可否同。

壬寅天旱

末伏因何炽热疯，稻田干裂炙烟雄。
火球半挂天无雨，玉镜低悬树盼风。
几日焦炎秋虎烈，一山枯木绿光穷。
雷公动步谁能遣，难道云遮造化功？

归根雅兮

落叶归根未了情，雄心一直伴余生。
童年昔日温馨渺，疏影而今福善明。
僻隐云村多慨忆，偏求博奥少交争。
万千来去随流水，傲骨何求勒石荣。

井蛙

电闪风驰乱石冈，雷公一吼九天惶。
归林客鸟愁啼了，坐井青蛙笑语狂。
暴雨腾烟成四海，奇才得势出孤房。
原来浩宇无边际，俗物偏怀戏一场。

蜘蛛

房檐底下大将军，结网排兵昼夜勤。
威武双眸窥阵地，神奇八腿测风云。
千丝楂捆飞来客，一口鲸吞误入君，
远近蝇蚊皆灭迹，原由此物建功勋。

大龙虾

胡须六撮两腰刀，怒目扬钳斗志高。
仰面朝天伸手捉，清蒸入水把肠掏。
龙宫近卫先锋烈，美味通红口福褒。
只惜凡人非食素，甘餐一对大前螯。

大闸蟹

横眉霸道显猖狂，八面威风一斗王。
水里鱼沙皆主食，岸边洞穴筑婚房。
凶神剽劲双钳舞，亮气呵成百战昂。
宝贵之人馋美味，百城佳宴蟹黄香。

小雪哥

宠物新名小雪哥，楼边一卧少离窝。
凡常主在猖狂叫，偶遇人潮躲着挪。
摆尾摇头餐赘剩，嫌贫爱富损招多。
假如不是房门守，丧失东家早入锅。

白鹭

洁白仙姿细腿丫，一身光亮古今夸。
鱼虾活配湖天食，枝叶交成树上家。
夺目名声潜伪迹，贪馋惰性有斑瑕。
大街千万瑶池女，饰面非凡未毕嘉。

马蝉

攀附凭高竭力吹，噪声回远岂天宜。
赤炎何奈林荫掩，巧舌方能静厚欺。
一事违常千古事，百关交合亿康姿。
是非谁定真无语，留得愁云对酒诗。

猫鼠新说

灵猫老鼠本冤家，社会残渣化变邪。
似若嘉朋交美酒，谋寻臭味守乌纱。
敛财欺诡新流派，霸道遮天旧习痴。
反腐廉风今劲厉，除清大伞万民夸。

写牛偶得

土畜通灵感九仙，一生辛苦却遭鞭。
晨曦早问深耕事，落日迟归善种田。
借倩皮袍寒气远，尝新老肉味犹鲜。
写牛悟出精神貌，融入时髦阔步前。

画像某君

一顶乌纱戴上头，八方招抚羽繁稠。
偏门会首声名窃，染习贪天利益收。
莫道清风除市俗，何曾伟绩掩悲羞。
倡廉少了逍遥度，野岭浮云几日休。

飞蛾扑灯

黑夜谁能一亮争，飞蛾结队逐光明。
舍身彰显时英胆，蹈火犹怀伟志情。
自古凡尘多误解，而今学界有澄清。
牺牲铸得雄魂在，信笔难成奉献生。

波斯猫

邻居访购一洋猫，取宠贪安会绝招。
白日离岗幽悄睡，星天与鼠暗逍遥。
花腔哄主开心笑，变脸装萌放俊娇。
此物今时难摒弃，原来媚外善繁销。

幸运瞎猫

瞎猫跛脚子非贤，辘肚风寒太可怜。
惋恨居巢多雨水，含愁外出少星天。
冥昏老鼠柴门殒，巧遇胡须气味研。
一口鲸吞刚耐饱，明朝可否再奇缘。

邻里新宠

邻里新增宠物岗，门前卧睡目微张。
嫌贫爱富追童叟，奉熟欺生仗吏房。
摆尾欢颜餐剩骨，滔声震耳显猖狂。
吾家远客忽然至，一语旁穿白眼狼。

鸟啼宝树

宝树瑶枝俊鸟栖，深情却向侧边啼。
余声委婉酬清梦，细语频来醉景西。
此刻归闲无典故，随然释意竟痴迷。
惕惊比翼双飞去，一片霞云出考题。

春与白鹭

东风白鹭两争驰，欲与高天比亮姿。
洁羽鲜明人尽爱，温馨暖日卉开宜。
许容灵物书名世，只惜闲亭缺墨池。
莫怪尘凡仙界近，万千灵物也能知。

树上鸟斗

杏叶纷飞落广场，北边瑶树鸟天堂。
高枝独立头名霸，矮矬群环顺次王。
吵仗喧嚣声刺耳，争心利爪弱含伤。
偶来小竖留停视，一石凌惊四下藏。

喜鹊

老树临江守碧波，前年喜鹊筑新窝。
迎春送暖情怡怿，养子陶心事化歌。
暴雨倾驰无惧惑，含烟侵袭得天梭。
辛勤报晓追云路，百里聆音喜讯多。

二阳入院

地府阴朝走一遭，牛头马面悚寒毛。
二阳血压心浮肿，两肾凋衰腿似螯。
幸得凡身无孽债，端来鬼簿远朱毫。
阎王索命排轮子，不上耕钩自可逃。

旅雁

金秋旅雁故乡寻，划破霜天一路吟。

触景灵犀人感慨，向山修志日西沉。

风情博奥谁精晓，义酒含光岂可斟。

瘦骨苍颜心未老，故乡山路可精深。

蜜蜂

大千凡物入音型，酿造含辛未勒铭。

振翼嗡营心俭苦，迎新促步意归馨。

层巢可得《离骚》赋，饧蜜方知世事经。

锦片追程无困阻，笔尖难颂一精灵。

瑞虎咏啸

锦彩天然百兽王，皮毛演展富充堂。

骨头祛湿成灵酒，气势吞云震景冈。

食肉猫科人敬畏，贪桩鼠类法诛亡。

尧年借力春开路，但愿神州永吉祥。

田园

元化逶迤梦未凋，云山远俗自逍遥。

清晨玉岭霞光品，日暮灵溪老酒邀。

镜澈游鱼飞野鹭，乡音与月共良宵。

几多锁事随流尽，寒叶春来绿色骄。

自画余生

倍日奔忙莫奈何，只因前世命蹉跎。
三餐采购空时少，一句敲吟锁事多。
面对星天书励志，笔描童趣酒飞歌。
家山寂夜乡音忆，暮岁方舟借海波。

释烦登楼

为释央烦又上楼，月光如雪冷心头。
儿年立志耕乡土，老叶飘零入乱流。
惜惋青春随水去，怜寒学圃嫩芽休。
诗坛坎坷谁知晓，不弃声名怎自由。

忆初入诗坛

初入诗坛是学徒，鞠躬施礼盼帮扶。
明心孕毓飞天梦，吃草甘成俯首驹。
浅水焉知龙势猛，茶坊哪懂酒仙愉。
几年沉淀油然得，也向苍穹问绝殊。

夜读

茶楼聚友夜归迟，静水清辉对古诗。
皓月焉知唐律妙，香风莫唱宋时词。
东坡太白童年梦，子建姜公暮岁师。
写志之心何怕晚，书山养性也时宜。

读书日

读书佳日笔来神，国学诗词格外亲。
讲授敲吟添奋翼，讨搜洪奥识灵因。
闲云洗耳沉浮事，白发交头岁月春。
滴水成河奔大海，长风直送有心人。

唐书有感

偶得唐书又失眠，窗前负手步悠然。
诗仙妙笔豪情远，瘦影田园化景妍。
十二巫峰搜博奥，三千弟子出勋贤。
学人赤实晨光早，岭上清风老骥牵。

秋日迎曙

敲诗岂可负星天，一颗灵心博奥诠。
欲把风声移枕上，再邀乡意向灯前。
侧聆远客鼾齁急，接曙晨光赤卉妍。
不问窗台金菊事，已随征雁越峰巅。

凌云楼赴宴

水绕城南绿掩桥，几群骚客赶新潮。
鹭飞康日东风送，步入元楼厚味飘。
不是诗词非写景，只因小店可争标。
瘦容倍觉乡音暖，为得清吟酒一瓢。

退休乡向

觅句洪翻夜不眠，云心又问月光天。
凭栏向远银河事，借律方明广宇烟。
饥苦童年修锐志，退休宁岁学亲贤。
乡音暖意精神爽，滴水含宏汇大川。

庚子秋日追梦

雁旅云峰接晚秋，写心追梦步难休。
山茶半碗医迷眼，陈酒三杯染白头。
识得清吟神自爽，搜来妙景味尤稠。
余光不问鸡啼晓，夜向唐风索报酬。

诗友金山放闲

暖日和风紫气升，金山约我再攀登。
南临宝马三湾水，北向云楼九宇层。
绿缀群峰飞客鸟，路环台阁绕乌藤。
无妨借此诗朋酒，月下乡情价倍增。

居湖偶书

退休居隐一湖滨，绿里寒窗水月新。
晚叶飘来无逸力，时芳落下蕴元春。
夜深总觉三杯暖，炳烈因知七步亲。
欲问灵犀何处有，苍天莫负苦心人！

龙山伫思

马良神笔亦难书，即可登临也合居。
水郭烟岚新雨后，林深庙宇紫云初。
童声晓唱三唐律，绿叶宵涵万象虚。
欲问龙山谁入画，白头争路步何如。

蚕豆山孤吟

敲吟困惑日西途，又与云山两共孤。
欲出方遭孙子唤，求疑却是俊声无。
万题判例知饶乏，一石开光见碧卢。
可笑近来昏了彻，不知怎样钓灵湖。

钓鱼翁

鱼翔碧水戏云天，柳曳鳞波叩韵泉。
树下渔翁银线远，悠然钓得是诗篇。

家山寄语

梦里来龙翌日攀，擎天五尺我为山。
云涛压岭三峰矮，利箭穿林万缕环。
一阵鸟啼惊古木，半溪流水泛澜斑。
登高想把清吟寄，可惜东风不等闲！

斜阳秋日

拙笔焉能野趣收？斜阳似火点乡愁。
谁知偃月频抛眼，惹得清风错上楼。
昔日泉溪多故事，今时酒碗约云丘。
闲聊五柳成诗意，带走家山一片秋。

研询唐诗

借来吟笔问由因，晚岁悠然淡定身。
半岭时花谁是主，十年乡井岂无春。
闲情入酒千杯少，世味归元一梦真。
恰巧孙儿唐律朗，语音平仄得研询。

凌云诗友会

古律精深步不休，跟风逐梦上云楼。
天高野旷湖邀鹭，水浅心诚德载舟。
几位诗朋微信约，一壶乡酿味尘求。
标新可慰斜阳落，难得金秋解宿愁。

云上桃花诗赛

贫生岂惧岁蹉跎，铁矿成钢煽炼多。
宋祖饥寒催傲骨，天蓬饱暖戏嫦娥。
少年善学乡山树，暮岁常吟德水波。
云上桃花明似镜，不妨商借照偏颇。

秋夜偶成

莫言晨露总无声，负手深宵犬已惊，
且是山眠心却亮，云游曲径月生情。
金波不问今同古，字里何图利与名。
忽觉毫尖灵气起，东方一缕曙光明。

晨起偶得

琢玉熔金夜少眠，难成巨帙岂夷然。
儿时励志情怀烈，暮岁攻城瘦骨坚。
月掇宫词翻旧梦，杯亲雅律问新笺。
感恩剑气千江水，可灌家乡一片田。

落叶动悟

落叶归根万物心，蒲村古柏掩宏深，
龙山七彩来天地，水竹孤楼释古今。
傲骨勤身情义切，铜壶煮酒瓦缸斟。
不因岭上斜阳落，皓月渊含拥鼻吟。

再上《星星诗词》有感

暮晚倾杯喜讯连，陵江放朗夜无眠。
柳丝有感诗人梦，白塔飞歌皓月天。
不慕轻舟游碧水，只知幸运入嘉篇。
与风同逐云霄曲，顿觉童头又少年。

逛夜市

灯红酒绿染云楼，翁媪街头夜未收。
城管声高人气派，严装厉色贩忧愁。
只因底力生存苦，才有豪奢富贵稠。
世态炎凉何改变，均匀应是普天求。

柳溪寻稚趣

难得悠闲石径驯，冬阳煦暖碾寒尘。
鹭翔鱼跃穷溪富，眼亮心怡旧景新。
麻柳蒲村寻稚趣，辽东部队忆精神。
山夫不改儿时志，凛肃西风一代人。

霜秋义怀

寒霜气爽九天昂，瑞景怡心促步忙。
玉岭峰头寻旅雁，流溪树下伴斜阳。
人生坎坷谁之错，岁月蹉跎我毓章。
落叶悠吟秋日美，捡来几片入诗囊。

登化凤山

化凤闲亭十里收，香风扑面日当头，
灵溪倒映蓝天鸟，宝树渊含玉岭幽。
一颗诗心情奋涌，八方人海彩争流。
豁然总在巅峰处，几度斜阳可放眸。

退休闲修悠

一城虽小可闲游，十里余香步未休。
净碧湖天飞白鹭，时新水慕释乡愁。
广场歌舞清风绕，化凤幽林厚意留。
永寿宜居弘雅度，交亲品酒梦遐悠。

湖边组稿

莲衣渐破踏湖滨，水映闲亭伴瘦身。
尽是当初情未了，得来今日碌成真。
诗坛义气囊依旧，俗世人缘道却新。
寒露斟茶何定稿，一条辛苦是平津。

向晚任情

搜肠刮肚爱吟诗，挚友良言道我痴。
霜袭寒楼欺白发，星翻冷眼笑无师。
青山咬定何须放，墨海扬帆岂怕迟。
谈笑尘缘名利客，不知乡路有光熙。

暮景桑榆

流星逐月惠溪头，碧水轻歌雅韵游。
石径通幽风戏鸟，山花亮丽酒香喉。
退休养性多新友，远俗亲书扫旧忧。
暮岁心高偏爱赋，虽然淡墨也风流。

楼前小景

小楼亲水适安宜，俯拾湖波带柳枝。
晓日廊桥游客早，斜阳野鹭逆光迟。
心田半亩清风拂，玉露多杯竹马驰。
尽管门前邻市井，闲情守静自然痴。

小院情愫

云霞向日映林东，一院黄瓜吊晚风。
叶出高墙千度虑，花开矮处半天雄。
清香得意招游蝶，冷句悠闲戏酒翁。
未觉旁边孙子笑，原来老眼字朦充。

凡生自如

万里河山一本书，七霞飞渡演乘除。
虽然恋枕烦心苦，怎限流溪信步舒。
春日追香情可忆，穷檐漏雨我何居。
凡生不把功名问，月下金波许自如！

填词鹧鸪天

暮年无意领风骚，梦里漂洋宿愤涛。
幻想云天多凤纸，却来歧念少清毫。
鸣蝉噪口书房小，陈酿伤怀柳树高。
几夜清眠难得句，鹧鸪一曲试牛刀。

小雪博远

乡山紫气朔风收，叶入泉溪荡小舟。
冷夜星光千里路，晴天霜镀万家楼。
悠闲换得冬心沸，昔酒频斟腊味稠。
莫道西川无六角，诗笺似雪慰童头。
（原载《中华诗赋》，2020 年 11 月）

卧牛岭孤游

夕阳西下鸟双归，诵咏无心赏翠微。
问得青山何少许，皆因白发失时机。
孔雍早慧仙敲点，牛顿迟声绩铸辉。
莫怕余光情吝顾，故乡云岭鸟先飞。

诗友游古楼

燕舞晨风我吻春，一群仙女下凡尘。
芳声万里霞环绕，妙彩千层意自真。
粉面知交皆本色，云花释念总清新。
闲情不别金波好，向景搜吟世外人。

乍寒情切

落叶纷飞惹事心，乡山僻静少知音。
冷光充羡庖丁刃，壮志惭无靖节琴。
满额苍纹雕暮岁，一杯诗酒问孤斟。
生成傲骨何曾软，特向寒风讨寸忱。

壬寅金秋搜吟

紫菊飞香举意雄，深秋有梦岂随风。
多年奋志争回忆，几度蹉跎路未穷。
细品人生成与失，怀吟岁月错含功。
南来北往云烟事，不尽艰辛是否同？

乡山秋日

驿道环山树掩明，退休搜索故乡情。
金风早报灵心晓，玉岭迟同旅雁争。
驻足凉亭无旧影，周全野菊品新声。
鸟鸣悦耳云林处，又见儿时皓月生。

劝学

逐字精研可启关，兰章解剖得真颜。
应知剥落皮毛处，不问流延口耳班。
业毕躬身皆学识，忌前弄巧属愚奸。
莫随浓雾看桃李，一语于兹渡鹤山。

虎岭觅诗

大千凡事也由人，会物方知巧借春。
岭上云林飞俊鸟，脚边朱草示祥因。
莫言水月三分假，只问诗花几朵真。
万象潜研焉例外，一生淡泊远心尘。

病愈游莲湖

水碧莲湖似画屏，廊桥迤逦向山青。
云飞复岭怡心远，柳拨阳滨晓籁灵。
一阵乡歌连浩宇，几群寒鹭绕闲亭。
病身尤喜春天暖，要向余光借造型。

出院有感

病来身老我何愚，一院春光也觉孤。
紫阁家山添记忆，清流宝马绘鸿图。
酒香省得他人醉，菜美恭承贵客殊。
击水方知风已晚，襟怀可否纳千湖。

月下痛风切念

偎月余光一碗宜，莲湖老店味尤痴。
痛风总觉烦心早，续梦才怜起步迟。
坐感于时人慨忆，搜寻瘦岛句交驰。
毕生想写儿年事，习惯舒安少了词。

病室开津

余生懒病少明人，面对书山总恨身。
岭野亲临居士假，伸钩释钓史文真。
遗轻俗世唐天旧，熟习精微妙语新。
不畏浮云遮慧眼，一头银发可开津。

痛风出游

瘦影随风曲径游，云亭虽小景能收。
冷金乍起寒山远，白鹭悠闲浅水踌。
步履焉知尘世苦，吟毫岂解痛风愁。
此时无奈邀霞彩，负手回头旧句留。

登楼愈疾

秋深雁阵白云头，带病携壶又上楼。
野岭香风欺老叶，奇怀古律出清喉。
千山向晚游霞少，一盏浓醇往事稠。
遥想余生多暇日，不知何处可消愁。

脚痛得句

月黑风高老酒斟，无聊欲把旧诗吟。
小桥流水寒光近，宅院孤灯寂夜深。
骨里连年生习识，诗中几日寄归心。
此时倍羡青丝客，没有浮灾脚痛沉。

住院有感

一阵乡音百感生，万千风物自关情。
来龙岭野寒烟碧，宝马河宽柳岸荣。
鸟有云程啼寄意，人怀切念志全精。
二阳住院悠游少，听得门前逝水声。

二阳出院

出院游塘月色新，飞星与我九天巡。
小桥溪水农家绕，晚籁横琴瘦骨亲。
一颗童心今似续，半边川墨昔吟邻。
流霞莫让冯唐白，续写人生四季春。

初愈恋棋

不因足痛远棋摊，汉楚交兵识利端。
稳少猜惊添白发，常多弃子保平安。
街头日落灯光续，统帅佯攻布局宽。
总是无情含有意，满天星斗惜蹒跚。

含寥秋游

一山秋色小桥融，水面无鳞玉镜充。
白鹭归林追夕日，桂花香路向城东。
浓醇二两枯肠润，犬吠三声宅院空。
不老星天游皓月，谁怜骨节痛寒风。

卧床消疾

痛风强忍意如何，步履初停旧梦梭。
月到窗前怜骨瘦，桂潜书屋朗吟多。
不堪寂寞乡醇品，许与逍遥客鸟歌。
岂忆青丝成白发，武人焉惧病蹉跎。

念奴娇·安汉广场怀古

风云楚汉，俊雄争霸主，历史堪典。鏖战中原魂壮烈，纪信临危求战。鼓角惊天，血河成海，偏有荥阳患。将军吞火，主公偷幸生返。

壮士舍命扶君，刘邦即位，升赏封安汉。创业元勋名史册，安得家乡追挽。千古英名，川人忠烈，不朽丰碑建。广场彰显，西充忠义名县。

一剪梅·诗赛

一夜金风陈酒来，景对楼台，醉卧楼台。诗词点赞对谁开？初问金杯，月落璃杯。

奥妙宏深勿用猜，电脑安排，枪手安排。追求了断少尘埃，苦果深埋，后恨深埋。

鹧鸪天·网络诗词点赞

昨夜荧屏又失眠，诗词点赞习心煎。灵星逐梦余光远，敛影含弘世俗研。

无战火，却硝烟，闲情不解史无前，虔诚七十人生短，何处春风问九天。

西江月·莲湖冬夜

大宇稀星月淡，小桥枯草风寒。半湖绿水泛清欢，觅句头茶一碗。

吟醉何须乡酒，梅开冷冽争妍。苍颜骨瘦步蹒跚，幻境谢公履现。

青玉案·秋听

愁云又绕湖滨路。倦眼里、朦胧树。阵阵寒声追仄步。风光紫菊，低头代语。落叶归凡土。

谁能了解无诗苦。昔日灵犀向云旅。试问何时耘艺圃？世人浮滑，酒楼归去。可把贫生许。

鹧鸪天·冬游家山

雁逐家山叶又红，青霜冷冽世心同。蒲村云野寒风早，石径林深热血充。

电眸远，义声雄，油然得句此非同。童年坎坷天成化，一首轻吟寄九穹。

南歌子·送礼

欲破凡尘梦，周详社会情。几多俗世意含诚。谁可品流社会、事非争。
礼尚何来往，钱多笑脸迎。百家宴后夜悲声。屈指送银尔后、怎谋生？
（毛熙震体）

江城子·守护

老夫早晚赶时光，左提筐，右牵郎。步履蹒跚，买菜送孙忙，儿辈打工离故里，甘守护，细而祥。

切心围转在孙旁。觅良方，少迷茫。启导新科，家训可弘扬。吐尽余丝吾自愿，双鬓白，又何妨！（苏轼体）

临江仙·回乡

二月响晴心致远，闲云玄鸟人家。暖风催步接朱霞。小村新犬吠，惊了树尖鸦。

一路春光含滴绿，田坡移种窝瓜，新楼约友品头茶。几年多少事，尔许又萌芽。（贺铸体）

定风波·咏秋

万古愁秋最煽情，蒲村玉岭野风生。哪用虚名求解脱。傲骨。清吟筑路宇寰惊。

七十经年人义烈，刚决。勤心励志与时争。多少剧烦元自灭。亮达。大江入海共涛声。

鹧鸪天·四九夜吟

一夜风吟四九天，孤灯冷酒御严寒。曾穹下雪邀凄雨，亮气吟杯拨素弦。

远逸兔，近龙年，梅花几朵义声诠。云低怎释飞禽少，梦里童心挽逝川。

四、体物缘情

立夏初晴

交酬时雨画丹红，识履龙鳞小径融。
绿柳戏波蛙击鼓，蜘蛛晒网燕裁风。
儿童争把银钩舞，寄客闲将楚汉攻。
归鸟流云自来去，夕阳还钓老愚翁。
（原载《星星诗词》，2020 年第 1 期）

三九夜

银霜袭树夜寒人，碧水侵天月染尘。
僻处楼台灯独耀，胸中墨海意难驯。
借来一管雄鸡叫，换走双肩落叶呻。
几朵梅香梳往事，白头似火照明春。
（原载《星星诗词》，2018 年第 1 期）

处暑回蒲村

三湾稻谷唱忙收，两岸林烟伴我游。
碧水随风仙女舞，金花满树味香稠。
仰天欲借神来笔，问月何能墨染头。
一岭斜阳程路抹，星灯示意步弘休。

小寒夜游

莲湖显现水晶楼，步丈廊桥月带钩。

两岸歌声环峻宇，一群佳艳入吟眸。

广场阿婉香风舞，店里星虹曲宴收。

影瘦天寒何冷句，呼来旧酒解新愁。

冬日上凌云楼

北风催我向高台，十里灵溪眼底来。

日夕游人滩献浅，青竿钓水鹭飞回。

一楼香气怡心远，几朵红云妙意裁。

些许闲情陶写志，菊花崇酒孟冬开。

小雪逢儿时旧友

膳煮时蔬白菜雍，半锅羊肉冽香浓。

仲冬补养围炉坐，玉露熙怡远者恭。

冷峭随风今已遁，温馨问友此何踪。

一桌知己千杯少，酒后童头返壮容。

（原载《中华辞赋》，2020 年 11 月 23 日）

牛年夏至前夜

雨锁前山掩宝台，高楼近水野风哀。

三杯未解杨修祸，一夜何成子建才。

欲饮空壶翻旧忆，旁搜冷句盼云开。

鸡啼已报东方晓，暑气函邀夏至来。

已亥立冬

寒山秋气未亡穷，野啸初生见赤枫。
井圃时蔬微带绿，林园华叶已随风。
银霜肆欲晴光短，劲草低头黑夜隆。
梦里梅开多故事，浓茶醒亮助诗翁。
（原载《中华辞赋》，2020 年 11 月）

菊节云心

菊节云闲慧眼清，嬉怡红叶与时生。
犀燃百里怀迟暮，挥染灵溪向早荣。
坝上农家砣子肉，密林涧水曲儿名。
流连一路鸟鸣处，仄杖登高总是情。

壬寅霜降

古来霜降识闲人，步约霞云破晓晨。
曲径枯藤遮陡峭，灵湖碧水映孤身。
啼声偶觉深秋冷，举目才知日影新。
百里香风环玉岭，房前紫菊已陶津。

庚子惊蛰

春雷未破九清穹，又见枝头嫩叶雄。
日暖青山千里共，孙扶瘦骨一壶融。
游云最喜桃红雨，信手低吟柳岸风。
四季勤耕田半亩，收成欲与绿光同。

立春迎暑

暑气敲窗月未沉，晨风约我觅春音。
身怀写志时光短，步向新程折皱深。
世态炎凉多下客，凡生造化蕴丹心。
诗田写志勤耕种，世外桃源老酒斟。

白露出游

寒露萧晨冷了霞，龙山菊蕊袭农家。
云邀客鸟浓香绕，水映高天素彩斜。
谁说深秋愁发困，自成乡味凤毫夸。
窥寻莫厌程途远，润物灵心已吐芽。

虎年清明祭

杜宇悲鸣冷雨稠，清明祭祀向云丘。
椿萱吃尽人生苦，儿女怀诚岁月酬。
地野蒿繁乡树伴，情深路远夜光愁。
此时谁解风哀啸，香烛冥钱切念邮。

壬寅处暑

习缘陶化会心求，莫让尘烦白了头。
十里龙山多峭壁，一怀豪气可争流。
半生漂泊知音觅，几缕闲情幻海邮。
昼短天成弦月淡，清风约酒上云楼。

177

冬至夜

北风彻夜袭云冈，负手无吟困寸肠。
奥气催梅初绽蕊，书台送喜可闻香。
不知冬至孤星冷，何别周求瘦体伤。
自古愁怀穷饮解，一杯乡酒似弘方。

甲辰上坟

新坟比岁欲惊魂，细柳萦纡向小村。
几朵轻云春未尽，一房蛛网旧犹存。
儿时竹马星天晚，此刻斜阳泪眼昏。
玉岭多风寒意峭，许来奇趣可追源。

故里金秋游

雨后新凉故里游，西林媚景喜童头。
朗心向岭凡尘少，促步追香紫菊稠。
大雁高飞云幻杳，小虫低语草遐悠。
金风自有通神笔，巧绘乡山一片秋。

龙年立春

细雨无声蕴立春，千山小草叶尖新。
和风助阵飞元鸟，曲径通幽洗俗尘。
百里寒梅眉柳约，一湖明镜瘦容巡。
许人天籁清吟裹，可染童头鬓发银。

清明祭祀

风停雨住岭开晴，步借春光赴祭程。
宝树含烟情愫淡，故山垂首腹悲鸣。
一溪碧水凄凉悼，两眼清流念想生。
幡纸无言翻旧忆，可怜来去子规声。

秋归

白云悠暇菊交明，玉岭秋光缔好情。
曲径含香风驻足，斜阳染树步归程。
乡音一路无新客，俊鸟成群向筑营。
落日余晖催瘦影，湖边小店酒休声。

甲辰惊蛰（二首）

（一）

一雷惊蛰雨纷飞，新柳招风旧燕归。
曲径环林迷雾远，玉溪游鹭草鱼肥。
千村沸卉寒何袭，万物回苏季岂违。
步向云峰眸瞩览，倒春无意扣心扉。

（二）

万物灵心焕绿归，季逢惊蛰雨烟霏。
满园奇卉新元逐，一对玄禽旧屋飞。
写志莫言时已暮，勤身便会岁增辉。
东风不负余生愿，借得清吟解扣扉。

龙年清明祭

清明远步故乡归，杜宇悲啼冷雨飞。

云岳低头同烛泪，时花悼息与岚霏。

亲情未让阴阳隔，凤念能追日月辉。

祭祀椿萱贞一跪，伤怀细语切心扉。

甲辰清明祭

清明雨冷子规鸣，跪祭椿萱涕泪生。

多少年来无限爱，始终难报切心诚。

坟头交语风悲曲，白发怀恩水失声。

屈束鲜花含极问，鹃啼可识血缘情。

甲辰元宵夜

五夜银花九宇惊，千城火树万家情。

汤圆剔透心甜美，皓月含元海宴清。

不问浮云归故里，只知举盏得吟声。

此时多少丹青手，醉了乡愁化景生。

菊节诗二首

（一）

众芳摇落菊花尊，万种风情绕小村。

疏影清遐溪水映，暗香灵透石鲸吞。

寻秋促步频回首，写志追程善溯源。

远处游云心可寄，何须博奥动金樽。

（二）

东方露晓日光稠，岭逐乡声步未休。
菊节高天人奋逸，云峰陡峭鸟遐悠。
风邀蝶叶亭边舞，眼语金英径界游。
鲸饮一壶情感慨，小诗兴许故山留。

甲辰上元夜

月伴元宵五夜钟，乡楼更让友情浓。
火锅滚沸山珍味，凤语陶欣白发胸。
席上充盈人卓阔，心头习识酒修容。
莫言路口晨灯熄，借得东风驾九龙。

五夜元宵

五夜元宵火树明，蛟龙炽焰日光争。
街头小吃香云宇，靓女高跷蕴妙英。
古艺今风人沸涌，山歌热舞鸟飞鸣。
笑陶瑶盏灵心切，启化清吟自写情。

上元咏怀

上元乡县又无眠，笑语山歌入锦筵。
盏里流霞香久客，城中火树竞星天。
接场川剧希年喜，博奥灯迷稚态研。
一夜新风人净化，九龙云舞月清悬。

雨水垂钓

春风暖日送微香，十里城西一堰塘。
水纳高天犹隐绿，燕环垂柳欲衔黄。
长竿化意随波远，小饵含怀捕影忙。
竹缕澜翻鱼奋跃，牵吟润雨自成章。

元宵送友人

古郡灵湖柳色新，玄禽戏水泛龙鳞。
似曾檐下居巢客，可识云楼饮酒人？
火树银花心景化，汤圆腊货味尤珍。
返程亲友乡愁绕，难写香风醉了春。
（原载《星星诗词》，2023 年夏刊）

谷雨偶书

抗疫余歌谷雨新，风光佩慰九州人。
流连彩翠飞云鹤，赞美时英献寿身。
俊鸟和声田垄暖，倡工复产宇寰亲。
银杯浅映乡山月，小草清吟万里春。
（原载光明网，2020 年 4 月 19 日）

小寒会心

寒窗岂解事心痴，偃月垂钩钓六诗。
白发深情多旧梦，西风举意少新姿。
半杯陈酒童年忆，一首孤吟默念移。

欲向湖天寻柳信，只怜冷暖未先知。

冬至夜光

冬至寒光又一年，云翻往事夜无眠。
梅香欲把春时报，孤影何能义味妍。
淡对鱼纹滋白发，偶来嘉句问巴笺。
含歌再借清风送，晚叶深情挽逝川。

冬至闲余

冬至开晴石径宽，梅花不惧朔风寒。
一山老叶灵溪载，半亩诗田暮岁安。
鹭舞明湖疑入镜，步追斜日宛如丹。
登高举目怡心远，摘朵闲云掩鬓端。

冬至田园

万木凋萧别念多，苍颜白发入川河。
云村凛冽时冬至，猛虎灵威岁末梭。
如许恭勤多敛实，几经周务少蹉跎。
田园草伏荒芜地，欲借新元唱首歌。

惊蛰随笔

莲湖向暖柳风生，夜响初雷早却晴。
游客成群堤岸绕，黄莺几只树尖争。
欣怡电话诗朋约，倍喜云楼茗舌烹。
隔席方音多妙意，沉浮一碗故乡情。

雨水遐情

雨水人闲路自宽，丘园新蕊了冬寒。

香盈陌室情由醉，笑纳吟笺酒放欢。

万里青山何释意，一群云鹭泛微澜。

清心喜得东风助，梅与春花写不完。

转身遇见春

万缕晨霞染宇穹，千山古木嫁东风。

人流逐景春潮暖，绿水飞歌柳色融。

燕子裁云惊晓梦，清吟入画绘丹红。

一园灵卉芳香溢，信步湖天妙语雄。

庚子立春郊游

柳眼初开暖日生，梅枝吐露带阳晶。

三山俊鸟啼声脆，十里泉溪玉镜平。

驻足闲亭邀白鹭，攀云古柏蕴乡情。

童年故事随风至，又与春光一路争。

二十四时季（二十四首）

立春

始步迎春未了寒，和声却上白云端。

江洲少水风铃响，柳岸多姿杏雨姗。

绿缀田园邀鸟语，日升林岭钓烟峦。

东来紫气梅含笑，欲与黄莺一路欢。

雨水

东风夜起草娇嗔，眨眼梨园白甲身。
野岭红梅含料峭，河溪绿柳湛微津。
肃勤井圃银锄舞，春燕云村翠色巡。
雨影追随灵物进，蔷薇逐梦已撩人。

惊蛰

一雷惊蛰访莺春，油菜生金遍地新。
冷蕊残香思玉岭，桃花粉带约游人。
云环斗径林多鸟，步向泉溪绿掩身。
紫燕斜云翁媪早，锄梨画破小村晨。

春分

黄莺一路最殷勤，征梦千回紫气芬。
薜荔伸藤缠古径，新村飞燕辨峦纹。
田园昨夜风兼雨，玉岭今朝景复裙。
醒物灵犀催百鸟，声歌博远约春云。

清明

清明时节雨尤勤，复岭云低雾锁村。
种豆育瓜田圃动，烧香挂纸墓坟奔。
杜鹃滴血伤心事，劲草低头祭养恩。
万里东风烦恼了，灵心九达慰先勋。

谷雨

四月荷生小绿钱，蛙群鸣鼓蕴湖烟。
林园色翠桃花落，水岸风清柳树翩。

室暖银蚕敲凤语，叶滋晶露诩珠仙。

杜鹃声里催青麦，菜豆黄瓜味道鲜。

立夏

绿树成荫日照长，竹摇清影掩云冈。

千家紫燕孵雏跃，一水青荷送暖香。

棚里时苗装已换，楼前古柏鸟游翔。

常来骤雨形如豆，流满东田正插秧。

小满

风来雨疾草翻波，浊水狂奔染玉河。

黍物灌浆求善果，井蛙追梦诉前科。

日牵紫气蜻蜓少，霞映荷尖锦鲤多。

更有雷声惊浩宇，眠蚕入茧梦余歌。

芒种

时光仲夏鹜巡湖，季序无梅碧翠愉。

麦浪开镰飞白鹭，苍山落雨戏青乌。

秧田步促闲云野，井圃瓜收玉笋粗。

凤篆金银清暑气，农忙五月古来殊。

夏至

列树余荫湿气昂，蓝天暑气幻无常。

野塘风助荷花舞，玉岭云翻暴雨狂。

水孕秧胎娥绿美，人添倦意鸟高翔。

山村没有农闲月，一夜珠榴已吐香。

小暑

地炙焦炎暑气惶，云村火焰石榴昌。

荷花映日秧抽穗，草茂蛙鸣柳掩塘。
茄子黄瓜烧豆荚，雪梨芒果润枯肠。
闲童塑网随身带，树上蝉儿不用狂。

大暑

赤日炎蒸暑吏维，雷声钓雨晚来迟。
睡莲有梦蓝天拥，锦鲤无闲野鹭痴。
玉藕西瓜消内热，鸣蝉黄雀向高枝。
顽童尤喜河塘近，光腚争流有古诗。

立秋

乾坤似火向西游，斥退蝉声见立秋。
陆谷连天金浪涌，蜜瓜遍地唾涎流。
宽衣未解云山热，问月何多织女愁。
颗粒归仓翁媪早，村童跑腿已昏头。

处暑

秋声裹伏对青菱，藕节莲汤食欲增。
六地来风消暑气，三场雨后少烦膺。
邀凉岂费千金币，问月何须万盏灯。
夜半飞星人慨忆，头茶米酒自怡升。

白露

露约昙花半夜凉，池塘水碧晚来霜。
窗前冷月青烟绕，树上晶珠紫气昂。
宇浩星牵天外事，秋深病入果蔬肠。
闲风似问云游鸟，一梦回头绿叶黄。

秋分

中秋虚碧定临文，日夜时同冷热分。
桂树追风千里路，闲情信步万山雯。
衡阳雁阵长河渡，驿道云冈紫菊焚。
月挂高天愁远客，探源候鸟又成群。

寒露

深秋仍是桂花扬，落叶缘谁恨冷霜。
万里金风催客雁，千山紫气化黄妆。
岳高得意怡心远，水碧何来宿雾狂。
麦播东田收地薯，枯柴细烤味尤香。

霜降

霜染林园紫菊翩，枝盈盖柿似星天。
人闲细品风花月，夜冷方敲李杜篇。
附子熬汤加板栗，红苕养胃伴寒籼。
莫言百草生枯意，多少昆虫已入眠。

立冬

始冬秋气未亡穷，野啸初生约赤枫。
井圃茗槐迟带露，云山老叶已随风。
银霜冷冽晴光短，小草枯凋黑夜隆。
梦上梅枝寒意起，围炉煮酒暖流通。

小雪

一夜寒来瑞雪归，天昏水浅鲤鱼肥。
半湖冷气虫声尽，万里西风褐叶飞。
腊肉香肠缘古味，糍粑米酒壮年威。

灯笼应季花开晚，六角轻吟北国辉。

大雪

北风摇落满天花，鸟雀归林寻暮霞。
昼夜凌寒春色晚，山河起冻紫荆斜。
清晶洁甲开昏暗，玉砌时装掩矮洼。
腊味千村楼上挂，仲冬医养补尤嘉。

冬至

冬至回阳吉日还，寒梅吐蕾醉千山。
天时世事通祥福，岸柳云烟忆别颜。
小草争心晨破土，农家宰畜福悠闲。
城乡比户翻新历，屈指归期腊月关。

小寒

梅香万里雪飞天，闲得春茶访水仙。
羊肉醇温除滞热，珠芽腊味笑冬烟。
摇红淡绿深山醒，举白全清玉镜悬。
梦戏人生时恨短，春光翘首盼新年。

大寒

凌寒旧历欲翻新，日月星晨岁问津。
昨夜风来河柳动，今朝蕊绽冷香频。
青山早解游人意，白鹭迟知暖水因。
酒约茶花滋瑞气，楹联爆竹共争春。

春到灵湖

东风早到向阳滨，十里长堤柳色新。
鹭舞高天湖纳步，绿遮仙宅燕裁春。
小楼鸟语惊晨梦，玉镜云花伴奋身。
野卉飞香人写念，流连忘返是何因。

立夏游凤凰山

闲云几朵紫峰雕，寺庙钟声步履招。
俯首灵溪生玉带，遥眸凤岭泛霞绡。
清风十里悠声远，写意三堂佛语飘。
陈酿盈壶随尔品，谁知一醉到玄宵。

雨后莲花湖

释怀收伞沐纷霏，欲让游丝入妙微。
燕朗闲亭风止步，花香井圃树披帏。
鳞波钓柳鲢鱼跃，醒眼巡天野鹜飞。
雨住云开霞万里，童心又与夕阳归。

立春熙风

万类临春隐显忙，由寒转暖众轻装。
清风卓逸莺声啭，疏影婆娑细柳扬。
觅绿先亲原野草，敲吟再向小荷塘。
一湖玉镜龙鳞远，泛起心波蕴彩章。

庚子立秋之日（二首）

（一）

无边热浪势惊潮，虽是秋声暑未消。
我祷甘霖风不助，云邀赤曰叶枯凋。
空调昼夜勤身苦，大地东西疬疫飘。
梦里炎光多恼燥，初凉片刻也逍遥。

（二）

鸣蝉竭力附高枝，惹得秋声未计时。
一季皆因余伏裹，万山无奈少风驰。
忽来稚友携乡客，偏向琼浆觅小诗。
问尽冗烦何日了，新凉约雨待商宜。

寒露乡山

寒露初来夜倍凉，清风不请访云冈。
闲情信步乡山丈，曲径环烟俊鸟翔。
谁道炎天三五月，却留时菊百千章。
城嚣也怕真君子，一夜银霜柚子黄。

故里秋分

日将秋色两平分，昼夜同长昊切云。
南了虫声泉奏曲，北来风吼岭惊氲。
赤枫问菊何方美，灵岳依天客倚群。
时序并非人左右，一天星斗已余文。

小寒游来龙山

龙山北面客亭西，古柏云枝俊鸟啼。
半岭沙柑争宝地，一条烟絮俯寒溪。
梅香拓路精神爽，妍雅灵心信笔题。
莫道孤峰生陡峭，童年故事隐牛蹄。

立春小亭会友

琼花未见已开春，嫩碧龙山步履频。
鸟语怡心云径暖，梅香沁肺竹亭新。
一溪细柳遥招手，四面乡音熟与人。
信友倡酬邀小饮，闲情难得忆童真。

大暑赴约

暑气飙升地火扬，白云蒸闷盼新凉。
灵湖柳岸蝉声噪，玉岭林边野鹭翔。
菡萏微香催疾步，古诗清酌约同乡。
一瓢悦畅童心共，二伏无风汗水长。

白露夜赴

白露农家喜积仓，乡山柚子泛丹黄。
玉溪水浅鱼虾跃，雪桂花繁远近香。
夜静风凉金镀色，人和福满笑盈堂。
塞翁莫道余生短，几碗金波润寸肠。

白露表抒

复岭幽怀寄此生，一帘宿梦又伤情。
许多瘦影青山了，唯独雄心博夜成。
世态炎凉谁识透，春冬变幻可交争。
晚来不问凡尘事，白露金风向远程。

重阳登高

金风旅雁伴斜阳，云淡天高紫菊香。
凤岭凉亭飞蝶叶，大江流水叩心房。
谁催白发村头伫，又让乡情寂夜藏。
尊老扶危人信敬，一游几许念家乡。

重阳慨切

寸草春晖奥义恩，一生犹忆小云村。
启言学步星灯照，落叶归心故里奔。
曲径流溪搜瘦影，亮怀牵手育童孙。
古来今往成千事，敬老文明民族根。

飞虎岭写念

大寒云岭雾题猜，乱石枯藤孕嫩苔。
曲径风微梅早放，疏林鸟语客迟来。
一游本是怡情远，几悟于何妙景开。
驻足回眸人慨切，小溪新树已成材。

灵溪惊蛰

清泉梦醒一声雷，入蛰翻身晓洞开。
细柳追风玄鸟舞，灵窗炒豆朗吟来。
谁怜冷蕊虬枝吻，却有温情蓓蕾栽。
万物凡微含妙奥，小溪春曲岂能猜。

小闲

万里金风仰属流，清歌旅雁白云悠。
时光七秩犹催步，襟义千名可奋头。
雅化于飞追皓月，闲吟信笔赏中秋。
尧天景夕林归鸟，不慕功名最自由。

菊节寄语

九月高天旅雁游，梦扶华发上云楼。
信风剪拂千山赤，菊蕊飞歌满目秋。
十里蒲村芳草暮，一江流水小船悠。
夕阳又把层林染，祷切星繁远客邮。

月下隽朗

稚幼饥寒辍学堂，奔波却得挚刚肠。
游心有守偏严苦，聚首无成隐忍伤。
万里金风梳白发，千山蝶叶绕云乡。
童年趣事今何在，皓月悠悠旧井光。

金秋游故里

梦里人生是与非，风撩白发壮心违。
凡尘满面愁何去，落叶无言秋又归。
一岭闲云鸿雁瘦，半塘流水草鱼肥。
欲随旧客追新景，古柏擎天吻夕晖。

立秋觅句

星移斗转日交秋，暑炽蝉鸣却少幽。
十里灵溪深绿淌，半山凡草小亭囚。
笑悠歌舞邀高凤，妙品清吟聚小楼。
难得沉浮藏趣事，香樟树下梦庄周。

末伏

锅蒸暑气马蝉欢，几朵闲云俯石峦。
九陌尘烟何炽热，千峰绿影岂绕阑。
杖扶旧步追溪曲，手写新词向善端。
半岭藤茎遮曲径，天高野旷少心宽。

癸卯立秋夜

沉浮一碗月孤悬，柳岸蝉声未入眠。
负步窗前多博雅，关风字里少流泉。
乡山世味斜阳影，广宇闲云决意篇。
半夜鸡啼勾百绪，杜康无语倍茫然。

癸卯双节咏

桂香陶菊共金风，赤叶啼珠墨彩融。
癸卯弘新迎国庆，中秋化景接飞鸿。
时逢盛世襟怀阔，诗朗城乡浩气雄。
佳节云祥人聚首，月光能否普天同。

施孤节寄语

一串河灯倍写神，复圆明月照孤人。
风撩白发秋愁旧，泪湿祈文往事新。
万缕兰烟恩化忆，半筐钱纸影谦逊。
吉祥自古椿萱佑，梦里争回故里春。

壬寅暑日

一口天锅暑日争，炎风入伏又无情。
谁吟万里云丝句，我恨千蝉呱噪声。
火点枯禾人畏惧，江翻热气水潜惊。
茶楼岂解农家事，汗滴成珠五谷生。

壬寅霜降

偷得悠闲故里游，余霞与酒共云楼。
天高志力随心远，耳熟风吟向景收。
何惧霜刀纹路劫，只因金色雁声留。
新词旧句成偏爱，擘画乡山又一秋。

春日垂钓

湖天逐梦老夫狂，手握青竿钓夕阳。
小臂轻摇赊旧句，黄娇慢品润枯肠。
云闲水碧清流远，树密堤低瘦影藏。
笔底豪情谁可表，春风一缕蕴兰章。

壬寅大暑

云山酷暑少岚烟，柳岸蝉声乱定弦。
稻谷低头披赤色，眠蚕曳茧逐蛾仙。
晴眉霹雳花含泪，暴雨滂沱水满川。
何日悠闲凉爽至，立秋还有十余天。

大暑雨后

雨后云村五彩天，暑蒸香稻赤金燃。
一塘莲叶游客赏，十里灵溪白鹭翩。
古柏桥头多故事，新光别墅有清弦。
农家喜盼开镰日，汗滴融晶粒粒圆。

壬寅秋光

阵阵雷声报立秋，焦炎又引媪翁愁。
云村熟计农田事，会所知归小酒楼。
百里鸣蝉踪迹在，一腔灵爽意遐悠。
诗心欲把金风问，汗滴因何少报酬。

壬寅处暑

绿叶枯萎少鸟翔，瑞禾焦叶诉炎光。

灵溪失意新田裂，旧井收泉奥内伤。

野岭无风云远义，居林断电焰烘房。

壬寅处暑寻凉影，难道雷公雨簿荒？

壬寅大雪

近日莲湖淡夕晖，云山不见鹭回飞。

垂钓瘦月西风冷，步觅清吟义气微。

多少豪情随逝水，沉浮响逸动心扉。

浓醇一盏何无味，原是时轮大雪归。

冬至游莲湖

半亩衰荷已绝香，风摇岸柳步孤惶。

病生晚岁心愁发，花堕疏林叶满冈。

旅雁啼惊南岭菊，阴云却掩北楼霜。

疾枯小草根潜志，何惧冬来夜更长。

端午偶书

诗人节日竞龙舟，粽子昌蒲艾叶稠。

锣鼓宏音穿汨水，雄黄药酒化心愁。

九歌欲解怀王惑，一逐何曾义志休。

五月云天成祭祀，屈原不朽永千秋。

（原载光明网，2020 年 6 月 25 日）

端午祭

隽楚三闾汨水仙，龙舟祭祀历千年，
菖蒲艾叶雄黄酒，糯粽香肠腊肉筵。
端午千山人海涌，嘉陵两岸鼓声喧。
离骚天问清风起，爱国精神世代贤。
（原载光明网，2020 年 6 月 25 日）

清明祭祀

椿萱一去夜频嗟，苦得清明雨似纱。
旧照慈容常入梦，白头心树又开花。
维艰未阻乡山路，富发怀归稚嫩家。
我遇凄风多感慨，阴阳冷暖可同瑕？

虎年父亲节祭

父亲西去已多年，夜忆慈容又失眠。
细语倾微身示范，仁心得度众于然。
恭勤政务终成疾，洁直民生始举贤。
一世清名人信敬，虽然异界却同天。

七夕银汉

夜静蟾宫桂树香，银屏供我九天翔。
云花尽意呈仙兔，星斗随情逐舞裳。
眼渡银天寻织女，心尝御酒恋丹房。
风光梦影今宵醉，不枉人生苦一场。

重阳节回故里

一山秋色映蒲村，远客归来犬蹑跟。
紫菊金风香古宅，乡音特产话洪恩。
儿时竹马心曾忆，今日云楼酒互尊。
斗碗清狂非昨梦，拼盘野味月光昏。

步林东

金黄换了夏时红，古柏悠云石径雄。
杖履轻装壶满酒，眸光极顶菊邀鸿。
玉溪水泛重阳味，叶蝶心倾博奥风。
天籁何须怜乱发，步同乡友丈林东。

重阳登高

童音略改走天涯，未到重阳岭九华。
五尺峰岑云眼尽，一头霜发日光斜。
村前父母依祥树，异地儿孙涌泪花。
万古秋声今又是，归心随雁向乡家。
（原载《中华辞赋》，2020 年 10 月）

重阳偶书

自信凡心向九津，邀秋采菊练勤身。
重阳索道青云伴，倍日敲吟故土亲。
莫把虫声当凤曲，多栽宝树聚鸿仁。
古稀不别凡尘困，半圃禾苗与世新。
（原载《中华辞赋》，2020 年 10 月 29 日）

庚子中秋切念

满天星斗缀苍穹，旧句新翻博奥充。
古镇青光随碧水，桂花香亮助金风。
中秋总是乡山念，故里方能酒味融。
一盏勾呼童妙事，老夫吟醉小桥东。

壬寅重阳吟（二首）

（一）

重阳雁阵白云边，野菊初开梦点燃。
放眼灵溪升紫气，怡情玉岭抖吟肩。
百年恨却时光短，万种恩深骨肉连。
缅忆椿萱扶稚影，不知多少夜无眠。
（原载光明网，2022年9月28日）

（二）

一江天际架金风，雁阵衔云与水融。
岸柳浑黄游客少，桂香悄切菊花雄。
登高欲品重阳味，忆念偏追稚岁虹。
学步乡山千万路，那条才是我尊崇。

牛年咏牛

乌犍伟岸拓时天，疠疫潜逃紫气燃。
万里荒山衢富路，三番璧月吻飞船。
贺词岁旦宏图展，逐日欧盟贸易诠。

华夏坤牛惊世宇，恪勤犁得百花妍。

（原载光明网，2021 年 1 月 27 日）

牛年元宵

十五星天月不孤，金波数碗未模糊。

一城焰火红灯远，半亩诗田韵味殊。

腊肉香风环古镇，汤圆美意赐新符。

谁知冷蕊春心烈，约得寒梅护九衢。

六一节看孙儿表演

六月莲湖入画屏，晨风信步问山青。

眸追白鹭怡心远，柳掩红花断籁聆。

一阵儿歌飞化凤，成群俊老绕闲亭。

佳期倍喜童年事，扶杖香园赏造型。

壬寅元宵节

虎啸苍穹皓月新，窗前一碗映凡身。

曾经坎坷苦吟日，却得良方笔绘春。

冷句随星催促路，暖心斟酒返天真。

料安元夜明朝事，阵阵寒香醉了人。

重阳随笔

四季轮回九日临，娇黄得意染云林。

三余酒醉东篱菊，一了诗收北岭金。

碗盏曾经邀至友，斜阳不别对愁斟。

古稀笑傲凡尘事，不会低头顺世心。

清明祭

清明泪雨写情真，逝水无声似化身。
一鸟来回何滴血，百年生死岂由人。
丘坟挂纸余哀接，小草低头入骨亲。
离别悲伤曾未释，但求心语可通神。

五一回乡

防疫森然岂阻芳，乡家五一岭飘香。
闲情把钓灵溪水，信步偏成紫色光。
古柏蒲村虽已毁，新林俊鸟却游翔。
卧牛飞虎云天接，小路清风逸志狂。

中元节

中元又是祭先人，夜里初凉可暖身。
父母虽成蓬岛客，名声却缀故乡春。
千金桂烛儿孙寄，万语瑶笺日月呻。
试问阴阳何阻挡，亲情透彻永含真。

中元夜

纸钱香烛夜无眠，冷暖交初两地天。
昔日慈恩儿女忆，今时亿福寸肠牵。
中元梗泪通仙界，峻岭金风染玉川。
莫等愁云遮皓月，一腔心语寄椿萱。

母亲节祭

永别萱亲整四年，阴阳岂阻极情牵。
雏羊跪乳云流泪，寸草晖春血溯缘。
一盏寒灯知白发，满腔仁爱播书田。
回眸只恨时光短，皓月因而也失眠。

中秋朗月

暮岁闲情近雅章，云村习隐淡名场。
中秋盏问灵溪月，梦里风生杰句香。
五岳原来多故事，千流自古入汪洋。
奔星已远凡尘俗，可与山夫浩宇翔。

七夕今语

牛郎织女入童谣，七夕银河话鹊桥。
故事随风云耳识，深情感恋断魂招。
旱禾好雨追时节，灵物温存显媚娇。
若是人神都敬爱，婚姻自此远浮消。

清明上文尔山

假日携家返故山，香风敛雾步悠闲。
主峰古木含春绿，陡径新云锁枳关。
草掩牛蹄苔润滑，泉敲石壁曲淙潺。
半壶玉露叮咚响，引得余清向奉攀。

重阳秋意

玉岭烟岚旅雁翔，金风不请缀重阳。
莫然陶菊闲云远，澎湃长河笔下狂。
夏去荷残无寄慨，秋凉岁暮起忧伤。
俗声常阻清吟梦，傲骨勤身怎显祥？

端午亮怀

榴花五月火红妆，粽子雄黄万里香。
祭祀灵均彰学尚，写怀端午鉴兰章。
催舟号鼓千江动，激楚离骚九宇翔。
爱国精神民族举，豪情奋翼世留芳。
（原载光明网，2023 年 6 月 21 日）

重阳登化凤

名山化凤守西川，古木成林蕴紫烟。
六处闲亭云眼慰，八方秋色客留连。
峰腰壁峭留书迹，庙宇楼高印佛缘。
小我登临无限意，重阳一路把孙牵。

登高有感

放眼何须上凤台，手机连网话悠哉。
惊涛拍岸随心去，火箭穿云妙句来。
万里金风飞蝶叶，千年古郡出人才。
慨伤难补忧天处，一点银屏路自开。

乡山中秋

皓月无声倍觉亲，余晖万里照元身。
玉溪凤曲悠然古，瑞露浓香自得新。
树下经年今忆念，咏怀移刻旧来因。
乡山翘首多情义，十五团圆桂酒醇。

端午怀古

流年端午又登程，汨水牵情百舸争。
华夏千江怀屈氏，云天万里蕴时英。
躬身举法芳留节，仗义忠刚史载名。
自古人雄谁怕死，生求许国定康平。
（原载光明网，2019 年 6 月 5 日）

中秋夜上龙山

吟蜇朗月悦心斓，夜借中秋问义关。
绿染灵峰云路险，风摇玉树果枝弯。
闲亭有酒孤身善，聚首无期两鬓斑。
一颗流星邀俊语，柔情似水润家山。

中秋偶书

惜爱时光少问天，不知宫厥几时圆。
勤心僻壤瓜田种，淡味云情古墨研。
独念蒲村生旧景，同斟挚友尽新篇。
青山又见儿啼月，一夜金风未入眠。
（原载光明网，2021 年 9 月 18 日）

虎年端午

号子催征鼓震天，嘉陵端午别常年。
疫情少却龙舟赛，黍粽多含广裕篇。
万里风香今奋信，千秋祭祀古尊贤。
清吟欲把乡音寄，楚赋离骚世代传。

（原载光明网，2022 年 6 月 2 日）

清明祭先烈

清明德水蕴悲鸣，五岳低头忆代英。
长笛声声天地肃，半旗默默岁年惊。
俊贤甘洒青春血，铁骨能安国泰平。
不朽忠魂归故里，万山花木护殊荣。

（原载光明网，2021 年 3 月 30 日）

迎中秋庆国庆

皓月诗余古国情，攻坚致富景全争。
祥和紫气神州绕，应世清风桂圃盈。
万里闲云悠落叶，千秋伟业伴潮声。
民生福祉康庄颂，华夏尧天浩宇惊。

（原载光明网，2020 年 9 月 28 日）

端午祭

离骚爱国岂兰章，一死催悲俊志昂。
屈子为民弘正气，龙舟斗水显雄刚。

九州重启长征路，万众安居幸福庄。
欲问汨罗埋骨处，可知华夏慨而慷。
（原载光明网，2021 年 6 月 13 日）

虎年上元夜

元宵火树亮苍穹，紫气东来万里同。
小镇恢宏千古月，神州放朗五环风。
虎添云翼春江暖，国举隆昌奥宇雄。
一碗汤圆人慨忆，流霞共语味无穷。
（原载光明网，2022 年 2 月 11 日）

"六一"节咏怀

六一歌声幸福跹，阳光雨露百花妍。
校园净土时苗壮，盛世清风学子贤。
几亿雏鹰初展翅，万千梁栋始擎天。
欢欣惹得童心烈，白发追呼再少年。
（原载光明网，2022 年 5 月 31 日）

九九晨登

赏菊登高世俗同，家乡玉岭逐香风。
云邀客雁蓝天序，叶入泉溪斗艇充。
几处黄橙迷老眼，三番妙语沁枫红。
闲亭卧饮银霜少，一首新诗寄昊穹。

戊戌迎中秋

换季金风万里驰，月光偏爱送佳期。
高楼小酌情无限，俊客方言自得宜。
一夜乡音医旧病，三杯桂酒煮新诗。
兴头不负甘泉力，半醉吟圆恰是时。

教师颂

迎寒斗暑为谁忙，愿把新苗育栋梁。
启曙勤心身渐瘦，流星妙语路犹长。
通衢电脑春江水，励志平台发鬓霜。
莫道云山西夕短，当今蜡烛最风光。
（原载光明网，2022 年 4 月 29 日）

清明祭军烈

武旅时英举世贤，丹心古雪枕戈眠。
腔腔热血随疆远，缕缕豪情写志坚。
铁骨涅槃家国梦，义声光化富安天。
军旗一面嫣红色，尽是忠魂绕上边。
（原载光明网，2022 年 4 月 2 日）

祭通江县南龛坡红军陵园

南龛壮烈九天昂，两万红军伴异乡。
百举争先无氏姓，一元安定铸时康。
通江落泪悲声远，勒石余痕信义扬。

饮水恩源情未了，低容祭祀得良方。

（原载光明网，2022 年 4 月 2 日）

菊节登龙山

又是蒲村菊节天，悠闲杖履向峰巅。

无边落木千山盖，不尽啼声一路牵。

玉岭香风邀雁阵，泉溪逝水映云烟。

夕阳总在深情处，欲劝秋心莫怅然。

国庆游来龙山

十里金黄迭节亲，清吟最喜晚秋晨。

龙山陡峭飞云鸟，米酒柔情约旧人。

一路芬香神自爽，半园娥绿景尤珍。

百年恨却时光短，七日周游瘦了身。

果城

国庆重阳七日欣，嘉陵放目客成群。

一江碧水望归雁，两岸新楼共白云。

菊蕊飞香油路远，老夫爽意岭岚分。

果州向夕秋声浩，促步追风向妙勤。

七夕东游

暮日丹光绿水融，忽来赤鹭舞炎风。

一笺诗意随眸远，万朵芙蓉爽味雄。

此管凡尘情未了，只知天界理悬同。

牛郎织女今宵泪，且解人间富与穷。

壬寅中秋回乡

半湾湖水映乡楼，桂树香飘久客游。
古道村前呈旧忆，高墙大宅惹新愁。
三方断壁尘怀网，四面雕禽少了头。
驻步长呼人落泪，新坟几座守云丘。

中秋寄怀

长江万里朗云生，会叙源头骨肉情。
游子团圆佳节喜，澎湖望月故乡明。
谁知独派穷兵祸，难得宏声再示诚。
把盏寄怀何日达，河山一统铸康平。
（原载光明网，2022 年 9 月 9 日）

牛年重阳夜

一钩弦月醉林东，复阁虚怀紫翠宫。
风约青光随野岭，步追云树向苍穹。
重阳有梦人消瘦，盏里无愁酒味雄。
莫问凉亭今夜事，影踪何落桂花丛。

虎年重阳

为叙深情踏野蒿，乡山未到义心熬。
衡阳历远无秋雁，白发稀梳涌泪涛。
七载坟头寒草败，百年大爱节期遨。
乾坤不识凄怀苦，何处清怡志可陶？

壬寅国庆

金风得意向天歌，一扫炎威爽自多。
桂子浓香邀紫菊，重阳极顶览长河。
冽泉塞曲情悠远，旅雁精灵志郁峨。
国庆佳期今七日，借闲搜句酒翻波。

中秋盼

浩宇冰轮梦里同，儿时玉兔戏蟾宫。
云生绝壁千山桂，月泻灵湖万顷风。
白鹤新来人已老，蓝天旧去路何雄。
凭谁为我传音讯，瘦影随杯一盏融。

母亲节回念

自古恩情养育深，慈祥仁爱母亲沉。
披星载月持家业，瘦骨枯肠滴乳吟。
七十身经莲胆汁，三冬血泣烛光音。
密针细语天含泪，回报春晖寸草心。

端午节

偶遇乡音倍自豪，会同诗友赞《离骚》。
秭归天问辞碑赋，热血方成汨水涛。
艾叶雄黄何切念，龙舟粽子奉尊高。
屈原虽去魂千古，爱国精神世代陶。

第一个警察节

琼花送瑞始天晴，节日新光大写荣。
赴命焉知生与死，为民总是义含情。
平凡鉴证忠诚志，伟岸弘彰奏凯声。
自古英雄人敬仰，九州金盾永崇明。

西充上元夜

火树银花夜不孤，燃情岁月壮康衢。
人潮涌动高跷跃，灯宴遐悠碎步殊。
十里廊桥辉倩影，百联谜语蕴珍符。
飞龙逸兔渊含古，趁得东风续志图。
（原载光明网，2023 年 2 月 2 日）

菊节

追踪菊节学时髦，石径弯环裹赤袍。
几朵闲云峰岭绕，一山金色冽风高。
点收野旷成佳景，信纳秋香尽海涛。
十月诗笺通妙境，斜阳旅雁共黄蒿。

壬寅教师节

教师佳节涌心波，紫菊金秋慨忆梭。
写志讲台书信义，含怀育栋铸崇科。
毕生守职头斑白，四季栽培博爱多。
吐尽冰丝千万缕，普天桃李化云歌。

中秋北碚江边赏月

又是金秋桂子香，陵江两岸月轩昂。
凉亭小酒歌声婉，碧水微风信步扬。
欢伯因何无玉兔，情怀怎会纳诗肠。
冷辉何问乡山远，北碚红灯彻夜狂。

国庆游农家有寄

国庆重阳迭节嘉，云游七日驻农家。
晨曦一路清风赏，夜夕三杯偃月斜。
步履艰辛登玉岭，诗情感悦发新芽。
寒光独照闲居屋，邀雁乡山寄菊花。

年关畅情

坎坷余生瘦骨坚，频斟孤影远尘烟。
童心激浪传千里，世事扬帆度万年。
充电亲书书壮志，加油问道道悠然。
苍天是我宏图卷，落叶敲根枕月眠。
（原载《星星诗词》，2019 年第 1 期）

守岁

一年除夕凤音容，腊味装盘暖意浓。
压岁红包孙子守，深醇玉露客心恭。
娱精春晚人余趣，写志乡情孝继踪。
几缕幽香梅释义，静听敲响日新钟。

牛年除夕回乡

岭上寒梅亮气奔，乡心早进小山村。
腊香不问谁家客，守犬承欢动举门。
促坐端祥添寂泊，烹茶暖语见名根。
暮归正是团圆日，两手擎壶欲报恩。

牛年末咏志

淡泊舒怡四海家，余生逐梦毓春芽。
蓝天未放千山蕊，白雪先添万里花。
典学唐风催骨瘦，勤攻宋韵与梅斜。
心虔唯恐时光短，一往情深绘晚霞。

虎年除夕

纸上由来也亦真，田园种植一凡民。
几场冷雨初寻味，半百枯肠始问津。
习学缘于多练手，庸虚定是少亲身。
晚年今得时贤点，暮岁余光与日新。

诗吟虎年

猛虎金牛始换时，长城内外暖云驰。
贺词富博民心振，业绩恢宏国力滋。
潜海航天飞喜讯，脱贫抗疫展新姿。
梅香又是敲吟日，德水奔流崛起诗。
（原载光明网，2021 年 12 月 31 日）

虎年新咏

雪梅辞旧道升平，虎啸龙吟物向荣。

万里欢歌惊九宇，亿康宏逸朗三精。

上天潜海千年梦，致富居安世代情。

奋志贺词彰国步，一元云翼与时生。

（原载光明网，2021 年 12 月 31 日）

虎年年夜

金波一碗泪沾衣，盛宴盈心醉了归。

似水柔情何日有，流云岂挽古来稀。

谁知笑脸低眉处，总是愁肠远义辉。

灯影随风天地动，人生苦辣莫相违。

新年抒怀

满眼闲云瘦影殊，情牵霜月泻征途。

清风剪拂童年梦，俊志生描暮岁图。

扫寞倾杯天顺意，挥毫泼墨地昌符。

山人更喜斜阳照，绿水青山肺腑愉。

壬寅小年夜

偃月乡山一夜驰，西风却乱白头姿。

流霞未了烦心事，净冷何成晚叶期。

玉岭孤身梅慰眼，星天广野笔搜诗。

小年欲续斜阳志，不老童心最适宜。

牛年岁末

金牛纳虎岂夷然，夜半寒星末入眠。
陋室唐诗常侍枕，故乡尊酒偶成笺。
朦朦月色添愁绪，淡淡云心向大川。
墙角梅花何倍切，风香一缕报春天。

虎年畅怀

寒天信约蜀梅香，风送新元虎步昂。
一岭青松争翠绿，半湖莲叶疾枯黄。
青丝错把闲云绕，白发焉能瘦骨伤。
逝水光阴尤可贵，夕阳深处景留芳。

新元初昕

锦城爆竹接佳辰，燕剪兰时气象新。
虎步声威惊九宇，贺词弘致绕千春。
东风浩荡宏图赞，会鼓铿锵幸福珍。
与日繁红香四海，双赢路带富全民。
（原载光明网，2021 年 12 月 31 日）

贺新岁

不夜银花旧岁新，小城充国喜争春。
香肠腊肉千村远，笑语欢歌四海邻。
更有广场怀寄讯，迎来柳岸日光晨。
闲云注目风停步，五彩缤纷幸福人。
（原载光明网，2022 年 1 月 30 日）

酒城新年

新元顺道览江阳，百里云含国窖香。

小巷张灯飞七彩，大街人海拥千冈。

一城有景怡心远，十步无吟极眼惶。

望断连晴东去水，春风举盏共兰章。

（原载光明网，2022 年 1 月 29 日）

元旦昌始

金牛好去虎承前，古国梅香万里川。

一箭乡邻云宇站，双赢路达海方天。

脱贫致富千年梦，举世宏词亿福篇。

战鼓催春人奋翼，征途快马再加鞭。

（原载光明网，2021 年 12 月 31 日）

壬寅年初一游凤凰山（二首）

（一）

凤凰禅院雨纷飞，佛语莲池紫气微。

何炯仁心一元共，献忠蛮暴万民非。

当年往事随风去，今日回眸亮德归。

可惜云山藏福地，老夫凡笔不能挥。

（二）

春元信步自悠然，寺庙云低冷雨牵。

佛语香烟环殿宇，客流车辆拥山前。

大师兴致诗题出，小我凡才菜肚翩。
好在圭峰多外史，由来一段入诗篇。

兔年迎新

一山春草又轩昂，晚叶牵情是故乡。
古木缠藤云路险，寒梅放傲北风狂。
几天静外何如水，半亩园中未了场。
莫对残阳多幻想，余生倍喜好时光。

辞猪夜咏

日历翻篇鼠唱歌，天成违傲偶蹉跎。
熔炉秉性寒梅志，湍水生烟傅险涡。
笔泳川江孤悄少，情鸣故里义然多。
步追唐月新程远，却得残杯愈旧疴。

兔年元旦

驿站神舟纳兔年，东风朗润九州天。
梅开玉岭初心续，擘画宏图始志牵。
万里河山添锦绣，千秋业绩忆勋贤。
贺词辞岁新程启，遍地时英勇向前。
（原载光明网，2022 年 12 月 31 日）

定风波·除夕

彻夜无眠放朗声。小城烟火九天明。满席旨看除夕秀，交畅，子孙凡语蕴真情。

难得围炉诗共酒，怡爽，一锅翻滚极心烹。双眼瑞霞充悦义，深盏，举杯亿福与春生。（苏轼体）

青玉案·牛年元宵夜

元宵火树银花耀。巨龙舞、花灯照。红雨随心飞九道。长街五彩，八方欢笑。彻夜人流浩。

美人抛眼温馨妙。车载英姿月光俏。览景归来情未了。又来奇想，空巢谁晓。酒问人何老。

临江仙·虎年咏

夜品先年宋句，晨亲现代唐风。谁人怜白发飘蓬。莫言耕种苦，步逐夕阳红。

把盏泉溪奋北，飞心浩宇游东。和田灵玉刻英雄。丹毫多少事，德水一游龙。（徐昌图体）

沁园春·新元

季始新元，紫气东来，万物一新。赞文明古国，恢宏盖世；苍穹云海，建站开津。快马加鞭，宏图改革，遍地新歌唱脱贫。康庄路，擎天云楼处，尽是欢欣。

丝绸古道怀仁，沿带路，心诚结友邻。践多边主义，双赢互利；全球一体，共铸元春。抗疫精神，北京冬奥，祥瑞东风感性真。辞旧岁，朗山河无恙，寄谢鸿恩。

（原载光明网，2021 年 12 月 31 日）

沁园春·壶口吟新元

德水东流，虎啸龙吟，震撼云寰。溯巴颜喀拉，千年皑雪；流金瀑布，万里翩绵。九曲柔肠，穿城入海，昔日洪灾今沃田。辞牛岁，虎年生云步，一往无前。

脱贫改革科研，升国力，恢宏入史篇。赞航天建站，卫星量子；蛟龙定海，蕊片光源。冬奥雄风，五湖四海，华夏欢声九宇连。游壶口，赏黄河锦绣，俊朗尧天。

（原载光明网，2021 年 12 月 31 日）

沁园春·元旦

玉兔开新，辞岁倾怀，兴绪万千。忆九天建站，六英嘉会，亿民纳福，四景尧天。赤县神州，大街小巷，七彩流光紫气诠。运筹略，复兴宏图展，景焕无边。

宇寰路带波连，迭互利、双赢百卉妍。颂雄师烈武，海天亮剑，东方崛起，科技争先。五岳崔巍，大江浩荡，一代时英始志坚。号角响，再追双百梦，勇往无前。

（原载光明网，2022 年 12 月 31 日）

沁园春·癸卯迎中秋

华序金秋，玉露容光，雁旅云楼。赏乡山桂子，暗香盈袖，一轮皓月，四海明眸。云客流霞，灵溪鸣曲，不夜微聊吉祝邮。月光远，万里人聚首，热泪星稠。

襟怀奔放争流。寄似许、朗心任自由。咏东方崛起，民生富足，城乡畅旺，岁月宏休。路带兰交，共赢扶拥，百业欣繁壮志酬。清吟里，节日新程启，盛世清讴。

|221

沁园春·癸卯迎国庆

华夏金秋，万里明霞，壮美河山。忆开新百业，城乡市井，生机勃勃，亿福绵绵。天宇飞舟，雄师亮剑，母舰银鹰镇戍边。逢佳节，富发民心劲，放朗尧天。

菊花桂子争妍。催奋进，恢宏入史篇。赞百年逐梦，双赢互惠，弘彰正义，反霸维权，友谊交连。和平促统，日月凌波七彩烟。华诞颂，伟志开新宇，一往无前。

减字木兰花·庆贺澳门回归祖国 20 周年

濠江意远，幅幅宏图歌宪典。殖地怀归，两制莲花杰地辉。
河山雪耻，奥粤通途添福祉。庚子云笺，七彩飞虹铸锦天。

（原载光明网，2019 年 12 月 25 日）

鹧鸪天·小寒

眨眼流光又小寒，云村密径蜡梅欢。银霜冷凛知高洁，粉蕊幽香绕岭巅。

扶竹杖，向乡山，山高白发会心宽。儿时老树含春信，百里灵溪向大川。

声声慢·立冬回乡

西风裹夜，蝶叶穷秋，柳溪十里游舟。促步回乡晨早，鹭舞云丘。半湖圆盘消瘦，惜天姿、泪诉寒秋。可否晓、雁云家书寄，捎与谁收。

野草低头无语，任流光、新愁刻上眉头。柚子黄灯高挂，倩影雕流。傲骨菊花滴露，示游人、物有争求。早该是、笑留童心在，一路宏休。（晁补之体）

沁园春·三八节颂

巾帼时花，清超亮倩，世代流芳。善持家立事，相夫教子；桂英披甲，驰骋沙场。出使昭君，抗金红玉，不乏红颜打虎狼。数豪杰，淡泊名与利，岂逊儿郎。

朗吟华夏风光。傲世宇、刘洋九宇翔。赞顶天梁柱，风尘物表；肩承使命，文秀弘彰。三八群英，四时绽放，万里河山可试妆。古今颂，亮气飞五岳，点缀沧桑。

水调歌头·虎年元宵

元宵上古月，小镇夜无眠。龙争交路，新风含煦满游船。七彩星光交映，十里烟花似雨，笑语绕峰巅。虎年人云翼，万里好河山。

看冬奥，暖春始，永续篇。民安国泰，亿福溢炽话亲缘。天地温馨感励，德水奔流千载，情切一团圆。把盏今宵酒，放朗入江川。

（原载光明网，2022年2月11日）

沁园春·甲辰元夜

万里神州，银花火树，五夜元宵。赏九龙云舞，千城炽焰；云情搜妙，人海通潮。仄步追流，东风释意，一夜欢声入太霄。晓今古，灯迷邀慧雅，倍数时苗。

何言瘦影清寥。欢聚里，月光把酒邀。品合家锦宴，汤圆入画；山珍煮味，细语连桥。尊礼青丝，欣怡白发，不尽乡愁岂可消。多少事，净化乡陈酒，盏换瓜瓢。

（原载光明网，2024年2月20日）

五、军歌嘹亮

军旗颂

钢铁长城举世坚，星光古雪枕戈眠。
忠诚碧血随疆远，火海刀山跃马前。
铁骨涅盘家国梦，义声威化富安天。
军旗猎猎嫣红色，颗颗丹心映上边。
（原载光明网，2022 年 7 月 29 日）

建军九十四年

八一军旗格外妍，威风凛凛映尧天。
丹红可把寒风赶，勇武方能史命诠。
抢险三千披战甲，为民百万尽时贤。
华年九四辉煌熠，多少神兵入豹篇。
（原载光明网，2021 年 7 月 31 日）

学习雷锋题词

领袖题词六十年，春风德化史无前。
螺丝注释忠诚志，钉子崇弘刻苦篇。
奉献精神堪表率，追求理念永争先。
爱心一颗三冬暖，事迹昭时万代传。
（原载光明网，2023 年 3 月 3 日）

战友江楼会

席上频杯岂介然，何容别泪到江边。
青丝北国三千里，老叶乡山七十年。
不怕严云常似墨，应知春色水如天。
流霞最懂仙凡事，利禄功名总是烟。

战友阆中游

一江春色扣心扉，聚友轻舟水上飞。
朵朵银花追白鹭，排排岸柳焕清晖。
军歌棹桨青山瘦，野卉含怀绿影肥。
千里嘉陵情可寄，阆州香味普天稀。

雷锋精神颂

学习雷锋寄意深，时光六十亦然钦。
陶成砥砺忠诚志，奉献彰含敬业心。
一颗螺丝诠职责，千名钉子吐余音。
为民服务于微处，不朽精神照古今。

（原载光明网，2023 年 3 月 3 日）

南充送战友

惜别无言也亦然，何垂热泪一江边。
辽东此去于时事，蜀北方知往日缘。
莫道瘴来云似墨，互明春暖水如天。
几多宿昔今成忆，礼敬离人也自然。

女特警

一女芳龄刚十九，沙场练得擒拿手。

南拳闪电海涛声，北腿生风峰岳抖。

气贯长空热血融，胸怀壮志天涯走。

擎天立地竞风流，我赞玫瑰诗一首。

辽东半岛情（二首）

（一）

熔炉烈火总多情，五十年前半岛兵。

种稻农耕咸水困，居危地震幸心明。

军营锻造非凡志，古雪陶成剑气声。

退伍东西南北继，几多星夜梦常惊。

（二）

北国琼瑶已满枝，夜来佳梦寄相思。

迎晨漫步寒风早，暮色徘徊暖意迟。

昔日营门堆尺雪，而今瘦骨问余时。

天南海北虽遥远，一点银屏约会期。

入战友微信群

五十年前半岛情，魂牵梦萦夜难平。

青春血化千山雪，壮志光陶万里营。

号角烽烟皆战友，沙场铁血铸真旌。

寒秋不怕余生短，借得东风送我行。

与战友视频

万里银屏热泪郎，当年无悔共沙场。
辽东半岛时光短，异省他乡夜幕长。
蜀水生情常忆友，黑山着意偶登堂。
忽然梦醒人生老，翘盼佳期愁满肠。

朱日和阅兵

金秋塞上军旗猎，烈日丹心斗志昂。
威武银鹰巡浩宇，豪情铁甲竞沙场。
铿锵步里兵威武，点将台前帅亮装。
华夏边关谁敢犯，东方利箭射天狼。

贺海军七十三周年

万里深蓝列阵陔，千船挺进浪花开。
护航震慑西洋霸，亮剑方明奥略才。
挟电银鹰惊四海，驱妖母舰笑千埃。
何来岛链雄师阻，五岳崔巍帝国哀。

八一抒怀

德水恢宏九曲弯，刚严武旅守边关。
一腔热血忠魂烈，十面天声霸气还。
忆念沙场辉史册，扬挥日域壮军颜。
安疆亮剑雄师吼，万里清风莫等闲。

军人颂（二首）

（一）

八一挥旗近百年，沙场鏖战见硝烟。

大刀吓破东倭胆，勇气潜惊帝国天。

航母深蓝彰信义，神舟拓宇镇疆边。

长城万里金汤固，写尽军人碧血篇。

（二）

匡危誓死不回头，铁骨忠魂壮志酬。

浪涌江堤知砥柱，心怀旷宇见弘休。

英姿剑护边城月，鼎气图宏赤县舟。

八一军旗民信向，铿锵步履尽风流。

八一飞行表演队

谁能咏画上蓝天，八一银鹰七彩翩。

筋斗冲霄巡万里，拉升扫雾俯千巅。

长风梦就雄师胆，号火辉成捉鬼鞭。

碧血沙场知勇士，军魂铸就卫疆篇。

（诗为奋斗者歌）

八一节颂

破夜红船起义枪，军旗八一党挥扬。

吴刀北指前驱寇，汗马南奔后铸梁。

横扫千夫开信地，洪流万里卫边疆。

长城磐石兵民筑，更喜今朝又远航。

（原载光明网，2019 年 7 月 24 日）

鹭岛战友会

春风未解季冬愁，碌乱焉知白了头。
几缕伤怀千日疢，三严警示一生忧。
莫言冷月由天定，放纵琼杯对献酬。
敢断云山孤往事，凡心少欲可争游。

鸿福酒楼八一战友会

握手无言热泪流，雁天难把感情收。
军营岁月多曾忆，退伍人生步未休。
晚叶归根肥万土，残阳入画各千秋。
酒楼莫笑霜头客，大碗金波概念留。

桥头战友会

桥头战友品山茶，笑绕蒲村约晚霞。
博奥星天谁拱月，弘深玉韵岂吟家。
僻乡自古多名隐，闹市如今慕野花。
五柳田园新梦续，军人义志众人夸。

路遇拉练部队吹号有感

号角聆风往事牵，柔情铁骨胆装天。
沙场血暖千山雪，墨海帆扬万里船。
弃笔辽东居小岛，游闲路口遇新贤。

今虽退伍心犹念，不改军姿迈向前。

致边防英雄

喀喇昆仑屹紫穹，男儿报国志从戎。
愤争寸土忠魂烈，横扫贪侵铁臂雄。
古雪新清江涌泪，时英伟岸宇飞虹。
冰川鉴证回天力，碧血浇花格外红。

嘉陵江楼会友

嘉陵水冷雁声迟，战友归乡约会期。
桂子城边香味绕，西山圃泽菊花滋。
人闲品得金秋景，病愈陶欣酒信眉。
渡口楼船无九夜，流霞一碗月光痴。

军营离别忆

风高月黑远军营，一别熔炉白发生。
七十勤身追逝水，三千感咏助宏声。
依稀梦返沙场事，洞晰书含哲理情。
万里辽东今切念，修来傲骨晚年平。

退伍五十年

天道含元有尽期，一朝离别白头时。
沙场几解凡夫惑，炉火千熔傲骨姿。
不觉辽东成故事，今求逝水入新诗。
余光莫负西山树，染遍层林晚叶宜。

云楼战友会

酒酣知已语倾城，一日同乡世代情。
聚会何言杯节俭，沟通不别话流成。
新楼老味谁陪我，慨诺虚名岂误卿。
古镇槐花香吐处，童头举盏话人生。

凉亭会战友

小园灵卉总多情，石径闲云与日争。
井树三冈谁点缀，微吟一首味偏成。
凉亭入座亲乡酒，腊菜邀朋唤乳名。
岁月已知双鬓白，天杯不醉并非诚。

火锅城聚友

战友欣然辣火锅，香风半夜拓新河。
小楼慨忆熔炉事，大碗鲸吞逝水波。
握手关情双鬓白，寻微得道一军歌。
晨曦送走星天月，醉里焉知大爱多。

海城咏怀

半岛军营志未酬，一生总觉负乡丘。
龙山绿叶春风剪，炉火纯钢傲骨求。
俭苦开园花却落，清心斗俗梦何留。
海城久别人无憾，借缕晨光染白头。

壬寅八一聚会

聚友阳城我主持，金波对饮喜鸿熙。
倾杯快意情无价，慨忆怜伤病有医。
一席达人多傲骨，满腔豪气亮军姿。
莫言别后高天事，碗映晨曦也不迟。

辛丑立冬会友

候鸟南迁示立冬，风刀啸傲寄形踪。
楼前杏叶灵溪载，碗里青茶战友恭。
都说沉浮由可品，殊知变化味消融。
军营往烈何曾逝，一脸鱼纹鉴习容。

果城送战友

关东此去路遐遥，倨立无声酒一瓢。
昔日军营交谊厚，而今蜀地草枯凋。
西风不是迎宾曲，北国能知送客谣。
莫问高山流水事，亲仁别鹤赶新潮。

人民空军成立七十三周年

谁把豪情寄九天，翔鸾翥凤白云边。
军旗奋翼星灯矮，利剑巡疆国力诠。
华夏雄师多壮志，列民心海颂时贤。
河山万里今朝美，七十三春入史篇。

虎年初春与战友游青龙湖

青龙碧水映苍穹，战友诚邀白发翁。
一桨开来情致远，千花绽放喜宏通。
成群野鹜追银浪，结对游人识偃风。
莫道波痕留妙景，沙场叙旧与时同。

双向绕台

战鹰云宇剑高悬，威武英姿岛链穿。
立体远程巡万里，隐身预警瞰千年。
惊翻独派崇洋梦，宣誓遏疆卫主权，
倍喜东方今崛起，河山一统是明天。

壬寅年海峡军演

海峡因何蕴战烟，巫婆窜访逆时天。
建交公报阴云罩，使遣银鹰利剑悬。
六面谋攻惊岛独，几招催化锁疆边。
雄师百万谁能敌，枕戈待发夜无眠。

水龙吟·朱日和阅兵

贺年九十军旗猎，领袖沙场亲阅。锵铿亮阵，雄师威武，千军浴铁。云伴银鹰，海巡母舰，箭光宏达。巨擘神州绘，招挥立即，扫天孽，云天阔。

世界风云剧烈，护康平，枕戈随发。高原卧雪，深蓝亮剑，英姿蓬勃。百业昌繁，多年勋绩，泰山昂屹。朗声飞八一，东方劲旅，万千豪杰。

蝶恋花·偶遇

续写秋词刚四首。淡了豪情，只好求乡酒。路遇同连新战友。上前握手难开口。

倍喜良缘天解逅。老泪含眸，血性今依旧。杯盏竞军人信厚。云楼醉卧谁争守。

水调歌头·建军九十七年颂

八一枪声起，武旅帜旗红。摇篮陶化铁马，红米育蛟龙。八百罗霄隘口，鼓角宏惊古国，万里起东风。抗日长征路，草地鉴奇功。

雄师勇，扫残敌，旧权终。初心永在，守土尽职显精忠，抗美援朝亮剑，一战名惊寰宇，铁骨古今崇。九十七年史，与日德辉同。

沁园春·八一颂

八一南昌，凌风军帜，寂夜曙光。忆红河饮马，井冈夷险。四泅赤水，三写兰章。铁骨忠魂，雄师健勇，草地苍茫多侠肠。荡倭寇，灭虎狼蒋匪，亮剑巡疆。

精诚铸就铜墙，保家国，威严胆气昂。鉴长津剪影，松峰泣血，潜惊九宇，福泽云乡。揽月飞天，铿锵步履，抗震防洪走八方。东风劲，九六春秋史，武旅辉煌。

六、杜康新语

来龙山畅饮

菊蕊飞香约瘦身，龙山树密少凡尘。
凉亭古柏闲云绕，石径泉溪翠鸟巡。
阵阵秋风飞蝶叶，群群旅雁渡关津。
觅诗难得冰媒引，畅饮携同故里人。

桥头品酒

傍水依山岂觉孤，诗田半亩露尤殊。
欲栽稚菊云冈远，独享金风晚叶扶。
月落璃杯多少忆，溪流妙景对天呼。
今宵卧问桥边树，可否成梯向九衢。

云游

云游别让酒壶穷，玉露休成四景雄。
野岭香风能引路，小桥流水可明瞳。
晚年虽是昌亭客，许事偏追儋耳翁。
倦困楼台常负手，金波偃月伴顽童。

喜雪

一夜琼芳下九垓，梅花几朵倚窗开。
欲言枝上剔何透，却道川西春已回。
启曙晨光环小屋，吟怀乡意动胡腮。
细君知我有佳趣，直取京瓶老酒来。

江楼小饮

近日无风任放晴，浮云几朵瞰新城。
一江春水碧如镜，万叶轻舟鹭未惊。
粉面横枝含倩笑，绿光随野吐乡声。
军歌约得星灯罩，月下倾杯更有情。

莲湖亚岁小品

晴波乏短惹霜缠，冷冽邀风瘦影翩。
欲逐春光无觅处，却生乡意动吟肩。
去年亚岁家山驻，今日莲湖小酒研。
傲骨只因仙籁约，逍遥又在水云天。

南亭秋日酌斟

难得南亭近日阴，偶邀新友解云心。
花开玉岭环斜径，鹭舞湖天恋碧浔。
一阵清风勾炽酿，半溪流水拨孤琴。
金波可了烦人事，托寄山杯感情深。

江上秋宴

新凉有意好修身，雇借兰舟向小津。
阵阵江风香约客，翩翩蝶叶景留人。
一生漂泊无边际，百里悠游遇切邻。
信喜黄娇家炽酿，天缘共叙伴凌晨。

小桥春筵

借道湖天近小桥，云楼约友涌心潮。
春归豆蔻梢头老，日落樗翁宴上消。
细柳深情风力弱，灵心释意义声骄。
余生幸是身病愈，影入琼浆鬓未凋。

孤斟索句

为求冷句酒孤斟，两手焉捞大海针。
溯古因何多四杰，信风原本妙三音，
清吟野岭云中物，自笃超然世外心。
俊逸余生无困惑，黄粱一枕可宏深？

秋日乡山行

金风举意染云丘，为逐乡情汗水流。
旅雁蓝天人字写，耕农菜地果蔬收。
一湖碧水鱼虾跃，百亩葡萄岁月酬。
白发流连籼米酒，星光醉了小河舟。

雪天独饮

岭梅昂首接春归，借得闲余释久违。
眼览云山寒雪路，情随玉露小芳菲。
为求博妙铜壶尽，始换怡神信笔挥。
瘦骨陶成何坎坷，黄粱一梦入心扉。

莲湖夏夜

歌飞水慕步尤轻，不夜廊桥柳岸荣。
月下莲盘如碧玉，楼前子店品兰生。
一餐土产含弘雅，十里香风透小城。
意爽居然炎夏赶，星灯入盏月多情。

金竹岭小聚

一岭繁枝泛赤澜，金风醉了晚秋寒。
霞光送走天香客，子店高呼老窖坛。
悦耳乡音勾旧岁，宜时土产变甘餐。
倍欣金竹交情厚，酒后回家路更宽。

品卤味鲜

月光如水入巡杯，小店乡音旷野来。
慢饮谁知心似鹿，鲸吞岂晓味何哉。
云遮桂树归人醉，灯照凉亭乱步开。
十里香风情未了，条条弯路费神猜。

商会楼

雨后初晴百里娇，落霞神笔绘廊桥。
闲亭两岸涵金色，秋水三湾拓谨瑶。
电话亲朋前店聚，太平黄酒子鸡烧。
举声斗出英雄汉，醉眼朦胧又一瓢。

槐树乡友会

玉露甘纯最煽情，寻根本是杜康烹。
三杯影钓蟾宫客，一碗身成大海鲸。
醉里翔云邀太白，闲然采菊踏诗城。
鸡啼犬吠晨光毓，日照归程瘦影争。

村边小店会友

细雨邀风袭桂花，村边小店酒喧哗。
呼来一盏寒心暖，顿起千生写意遐。
六载寻根情未了，三秋感慨志非斜。
诗词博奥多朋友，醉了乡音拍手夸。

凌云楼留句

只因烦恼又登楼，细雨迷蒙锁故丘。
倚柱遮风何索远，回眸启路怎消愁。
闷怀半日无新义，问道稀年却白头。
尽管凌云多饮伴，可怜一醉少同游。

化凤凉亭

菊月微寒草未枯，高天绿水鹭翔湖。

廊桥两岸香风远，故里千山紫气殊。

万丈豪情生信步，十年寻句凿通途。

淳刚欲把斜阳挽，借兑金秋酒一壶。

晚秋酒后游

酒壮登游石径昂，寒山退却紫青装。

金风入镜牵情意，白发悠歌品画廊。

鹭拍闲云笺下嫁，心怡妙句雅高翔。

为何未与飞鸿远，跃上苍穹问短长。

云乡聚友

穿城访友拂金风，聚品云乡陈酿融。

酒话童年成故事，诗吟夕景对愁红。

何人醉里乾坤唱，欲驾村烟李杜崇。

寒露不知星月远，晨光莫问白头翁。

泸州国窖

江阳玉液古今酬，一窖香风万里游。

入句悠然含雅味，邀朋逸举扫凡愁。

迎宾一聚情开窍，厚意千周爽润喉。

太白清吟飞九仞，灵犀竟在酒杯头。

酒城江边

为逐香风夜未眠，初晨信步大江边。
酒城饱溢琼浆味，征袖微含国窖鲜。
太白吟哦三万丈，宏图擘画五千年。
甘醇一滴源流远，透澈璃杯有史篇。

国窖咏怀

问道泸州两袖香，江城玉露俊声扬。
天成国窖千年烈，分得清名七步狂。
文化精深流琬液，企崇诚信向繁昌。
古今骚客吟哦味，拍岸惊涛万里长。

咏酒城泸州

琼浆玉液入江天，老窖泸州古有缘。
一滴云开霞露脸，三杯韵酿五千年。

吟国窖

鼻祖初名溯汉唐，双江五谷酿琼浆。
香风万里东坡醉，玉液三杯太白狂。
华夏文明多国宝，泸州酒业续辉煌。
清吟妙品延仁寿，老窖开缸幸福长。

重阳斗饮

雁破萧晨野岭昂，袖珍香菊入重阳。
可怜退隐三蓬客，不见收留五柳郎。
十里龙山邀瘦影，半生书意对迷茫。
金风又让新愁裹，难得余生一路狂。

醉饮潮牛道

暑日无风燥气摧，半湖仙子问云台。
闷心乏味情何慰，浅水余香雅又来。
幸得知交携果酿，方明熟醉见奇才。
出门一笑多双影，万里余炎费我猜。

酒后觅句

金波下肚气如虹，觅句先崇魏晋风。
瘦骨豪情千万丈，杜康醇味九天穹。
三山陡峭岚烟绕，半步蹒跚决志攻。
落木枯藤何阻路，峰头五尺不雷同。

外公烤酒房

未拢黄家守犬惊，莫非霞彩唤山坪。
林飞俊鸟凡枝茂，卉炜凉亭促步成。
旧客新迎诗意旺，明眸暗喜悦心争。
乡情厚味谁知否，幸福童年酒里生。

水岸酒楼

湖边约友柳扬琴，玄鸟弯环省忆深。
万古名贤诗蕴酒，一声乡语话成金。
云楼拔地连西岸，暖屋关情纳北林。
莫让时光勾旧事，自恣三碗返童心。

掘饮

又将心事一壶倾，万里星天艺圃耕。
义色常同凡卉比，虚名未可杰然生。
席维门外文章贱，庾亮楼前皓月明。
岂敢轻言勤学早，无人了解允孚诚。

庚子腊月

腊月初交景色殊，苍穹浩渺习心孤。
风摇银树山飞蝶，雨打寒窗气结珠。
剧事常耽司马赋，深情总是晋孙吴。
劳生少问勤身苦，下笔希颜又一壶。

上云厦酒楼

春分炯冷困湖东，柳曳鳞波紫燕匆。
入耳啼声生颤步，裹衣何意驾寒风。
虽然二月晴天少，却与三丘绿色融。
驻足桥边云厦路，浓香正约白头翁。

凌云楼约友

黄昏约友上高楼，旧梦依稀似水流。
碧玉莲湖云岭接，凤林群鸟夕阳悠。
长街彩带多娇色，小屋清醇少浅浮。
一碗金波先入座，乡人未醉岂能休。

楼边小饮

陈寿书楼咫步工，西山小路带香风。
不知烟树繁枝白，偏约残阳玉岭红。
写妙毫尖双鬓染，邀朋老酒一壶穷。
果城灯火通宵照，醉得陵江水向东。

金斗山会小斟

金斗飞鸿唱立冬，邀朋又上紫云峰。
西风越岭追金蝶，小草低头衬菊容。
尽管寒枝春讯渺，早收枫叶赤妆浓。
亭楼已备家山酒，战友开怀少恪恭。

中秋夜

云村十里桂花香，古木擎天皓月翔。
旷野虫声圆妙曲，玉溪流水远愁肠。
悠闲又约儿时伴，畅志方安寂寞伤。
傲骨疏狂关不住，新朋老酒唱云乡。

春饮鸿福子店

夕阳总是景陶欣，七十攀山一路勤。
岭沐春风花未绽，幽搜古木鸟声闻。
小亭举目新城远，靓女邀宾子店醺。
酥手乡音躬自喻，三杯劝得月迟昕。

酒楼中秋

换季金风万里驰，月光偏爱送佳期。
高楼小酌情无限，俊客兰言自得宜。
一夜乡音医旧病，三杯桂酒煮新诗。
兴头不负甘泉力，半醉吟圆恰是时。

晚秋夜

小楼今夜酒雄争，入座拳音就是情。
盏里童心圆月映，话中乡味笑颜生。
三杯助阵多豪杰，几句存安少内明。
远处鸡啼呼客散，星天不醉岂收兵。

家乡窖酒

人非草木总多情，暑往寒来慨切生。
白发苍颜谁认命，西风凛冽鸟无声。
山程坎坷真如戏，世俗云烟假亦荣。
富贵功名何一笑，几杯乡酒远交争。

除夕复饮

晚饮刚归醉未消，兄弟来电小楼邀。
一年光景银屏显，四海尘烟酒里漂。
僻隐云村随逝水，清吟暖日免寒潮。
写情除夕欢声近，醉了星天少寂寥。

翠云楼会诗友

诗朋举盏欲消愁，莫道抽刀水更流。
琐事烦生原是梦，蟠胸放眼本无忧。
清风必信春阳好，浊气何知草木秋。
万物随缘方有律，逍遥尽在翠云楼。

夏饮

仲夏蒲村地火熊，杯中玉露酿凉风。
怡心敞亮乡音始，俭腹开张凤语穷。
稚气当年追李杜，白头今夕误农功。
陶陈品味豪情壮，醉了谁知四海通。

巷子闲品

莲湖夜现炽晶楼，云淡霜妍月似钩。
水幕歌声环古郡，廊桥倩影窃低眸。
耳边乡语童年忆，店里星虹曲宴收。
冬日天寒何处去，小街陈酒解新愁。

江楼夜

风过泸州味道殊，悠游巧遇酒城濡。
烦心往事三杯饮，义志存追九老图。
玉露天成多雅会，灵犀趣向少贞孤。
大江千古源头远，月洒云楼玉树扶。

峨眉山品老窖

闲情又上峨眉巅，大海心潮酒念先。
一际霞光飞万里，半圆浮跃始千年。
风微此景凌虚幻，日出殊常典实缘。
山月余辉惊宝顶，泸州老窖白云边。

春日小饮

小饮璃杯响逸辽，苍颜润色借文箫。
青峰释意岚烟绕，客鸟清吟妙善飘。
一眼灵光收冷冽，千山绿信涌春潮。
可怜骨瘦闲余少，难与松风共九霄。

虎年畅怀

白发回头瑞虎牵，儿时旧梦问新篇。
斟词酌句清风少，见曙含灵凤念先。
玉露醇香千古水，竹琴高雅一丝弦。
谁知洞醉群山矮，哪处云峰可近天？

虎年初二家宴

开晴雨去冷潜韬，小屋温馨待尔曹。
宴聚心波人暖胃，天休厚德语成涛。
深情不别光颜表，喜悦方知义志高。
莫让流霞凡识我，鲸吞一碗再挥毫。

酒约清风

为识精微酒未孤，冰心傲骨亮清殊。
月窗飞梦余辉影，鹤发无声岂远图。
楚有九歌春意晓，南来五柳隐居呼。
老夫伤暮何时了，一阵唐风灭顿愚。

月圆秋夜

莫言天地四时新，写意多情白发人。
偃月团圆诗味旺，桂花凋落菊香频。
半山愁困云游客，一水深雕骨瘦身。
寂夜今邀乡里酒，登楼啸咏莫惊邻。

蒲村夕品

夕阳西下半村红，十里灵溪绿意充。
几朵悠游添雅俏，一盘烧腊拌青葱。
时蔬悦口闲情逸，老窖回香毓德崇。
莫问三杯何变幻，人生品味岂雷同？

飞虎岭子店宴饮

含雄石径白云边，时雨初晴绿意燃。
岭腹林深飞俊鸟，溪潭水澈吐兰烟。
倾怀约友春光灿，极顶超辽毓秀诠。
几碗流霞梳乱发，乡人酒后有佳篇。

春分夜品

一壶佳酿悦欣求，借得香风月上楼。
玉岭银光多切念，灵湖碧水载心舟。
乡音入酒情无限，土产拼盘味旅游。
盏里能容天地事，几杯方解宿时愁？

鹧鸪天·夜饮

酒映飞星雅化霾，鹧鸪有语悦心开。乡楼近水尘凡洗，信笔临风怡畅来。

阅上古，问天街。追寻太白壮心开。鲸吞浩宇千江水，偃月轻舟一快哉。

七、海晏河清

赞脱贫攻坚先进楷模

旧貌新颜举世惊，初心化露见真情。
谋篇布局东风送，智慧招商旺业生。
瘠土成金添福祉，荒滩缀绿映仁明。
忠诚换得神州艳，诗颂排头筑路兵。

（原载光明网，2021 年 3 月 4 日）

白鹤观村脱贫

白鹤观村绿映山，收官决战步非闲。
当年瘠地多荆棘，今日云楼伴柳湾。
百户搬迁穷帽摘，千家种植富商还。
鱼塘玉藕金银蕴，辟路奔康不一般。

访赵家庙村

韵沐晨风向自然，农家五月见琼篇。
荒山瘠土今何在，硕果云楼昔日天。
亮富豪车环别墅，清贫帽子入尘烟。
桃园万亩怡心远，产业精工绘大千。

（原载光明网，2020 年 6 月 11 日）

忆民盟张澜

张公立像示修身,笃守清廉主义真。
一颗丹襟陶世宇,终生伟志助黎民。
亮怀保路旌旗血,澈透浮尘日月春。
表老丰功人切念,乡山勒石景尖新。

改革开放飞歌

深圳渔村画个圈,东方盛世喜今延。
翻天覆地苔乡变,绿水青山古郡诠。
化凤开篇镌逸事,群星耀眼照西川。
亭楼雾揽诗千首,峭壁风敲赋万篇。
玉缀莲湖添炫景,波追水幕奏鲲弦。
虹桥织女芳心动,柳岸牛郎气度翩。
小巷轻歌灯有梦,广场热舞夜无眠。
横琴弹醉童音客,竖笛吹来鹤发仙。
碧水九龙添福祉,清渠十里送甘泉。
民生畜饮源头接,工业农耕地脉联。
世外桃源生锦绣,云高旷野远尘烟。
鸟啼幽谷怡心肺,花悦农家赞自然。
双洛三湾荷斗艳,一河五岭景争先。
鱼翔虾跃扶贫道,藕壮鹅肥逐梦圆。
殿子农庄山竞秀,百科花海客流连。
餐蔬采果原生态,煮酒煨茶本味鲜。
湿地西湖飞白鹭,蓝天玉镜荡红船。
黄花紫树环堤岸,虹彩纤云拽眼前。
圣地峨眉皇赐匾,长烟香客佛留缘。

山幽峪远虬龙觅，曲径林深碧海穿。

福镇园区兴产业，建华职校育红专。

有机强县通天路，桃李成才筑铁肩。

百福森林翻锦嶂，千年翠柏戏云笺。

临溪石径虫声脆，登寨岚烟往事绵。

龙舞新村增意趣，凤鸣别墅赏娇妍。

休闲度假青山绕，养性修身绿水缠。

香脆狮糕添特色，奔康实体毓科研。

璇源文化和谐谱，养老安居社保全。

医改攻坚臻现代，海绵城市共婵娟。

突围示范金平线，智慧扬帆幸福渊。

砥砺前行迎盛世，丰功伟业赞流年。

诗词忠义多贤士，绿绕云楼尽善田。

改革东风新貌展，丰衣足食福源牵。

人心振奋精神爽，家国飞歌上九天。

（原载光明网、党建网，2018 年 12 月 17 日）

扶贫干部

扶贫干部进山村，务实潜声种富根。

瘠岭三年金果挂，枯河两岸稻花翻。

条条阔路连都市，幢幢云楼颂党恩。

巧手勤身星月鉴，别时无语泪难吞！

双洛荷塘

油榨灵溪七彩霞，麻山绽放脱贫花。

荷塘两岸游云客，肉鸭千群绿草洼。

十里蓬头风里笑，一沟佳语化光遐。

半天新旅神清爽，乡景流连煮茗茶。

西充县奔康之歌

谁持玉斧辟坤乾，致富攻坚古郡诠。
生态旅游藏故事，有机农业蕴佳妍。
莲湖绿润诗千首，化凤青幽赋万篇。
鹭舞廊桥添炫景，歌摇水幕动鲲弦。
村乡油路营销广，网络平台产品先。
文庙铜钟兴汉室，广场铁马破荣烟。
休闲名片香留客，永寿宜居食引仙。
湛旱开渠连福祉，脱贫引企聚财缘。
寻幽特色青峰履，赏月轻舟绿水翩。
煮酒三湾尝野味，围炉百福醉山泉。
芳环石径虫声脆，树绕云楼喜事绵。
古镇桃园通富路，龙滩柑子脱贫笺。
殿子山垭瓜果硕，青龙湿地甲鱼鲜。
万年寺庙皇钦匾，槐树蒲祠翰墨渊。
职校人才多砥柱，漩源文化向婵娟。
雄心旺企城乡变，巧手雕农吉梦圆。
村庄建设民多福，产业拓展绩斐然。
因地适宜添后劲，不凡忠义尉先贤。
乡山换貌牵游子，岁月扬辉喜季年。
致富宏图充国美，奔康应景入尧天。
（原载光明网，2020 年 5 月 12 日）

旅游名片

旅游致富一良方，小县农庄远客详。

253

万亩青山桃李梦，千湖绿水甲鱼香。

西充生态田园美，网络营销产品强。

僻壤云楼圆吉梦，宜居永寿向安康。

（原载光明网，2020 年 5 月 12 日）

小康城乡

逐梦攻坚硕果收，东风会意信天游。

豪车油路农家乐，网络云衢特色牛。

五岭延楼屏瘠地，千村致富汇洪流。

有机生态西充美，万里华辉染白头。

（原载光明网，2020 年 5 月 12 日）

绿色西充

精准扶贫缀彩霞，有机生态育奇葩。

红椒紫薯瑶池味，玉藕香桃富岁嘉。

昔日稀汤餐瘦影，而今宝马绕金沙。

云楼永寿归游子，绿色西充是我家。

（原载光明网，2020 年 5 月 12 日）

贺建国七十三周年

炎黄逐梦续新篇，七十三春别样天。

航母深蓝惊海宇，神舟建站近霞烟。

和谐致富民生福，反霸强军国力坚。

万里河山多伟美，巨人屹立史无前。

（原载光明网，2022 年 9 月 28 日）

遵义挽澜颂

是谁挥手挽狂澜？踏破雄关似斐兰。
赤水乌江兵伍渡，播州娄岭信旗欢。
为民一举开新宇，兴业千番动旧瘴。
遵义名城添寓意，先锋驭射不离鞍。

红船百年颂

南湖动桨问民生，十万锤镰主义争。
缕缕忠魂何勒石，腔腔热血为光明。
邀星亮剑边疆固，建站观天偃月惊。
致富攻坚多少梦，红船百载党旗荣。

党旗颂

红船七一破湖滨，唤起时英尽奉身。
湘赣摇篮星火点，钟山问鼎政权新。
汉城饮马殊疆稳，皓月栖舟外宇亲。
一颗初心终不改，大凡小事为人民。

遵义颂歌

湘江血问路何方，北上途艰万里茫。
三下播州谁领导，一挥云堑即通航。
雄师拉朽王朝灭，德水奔流泰岳昂。
遵义挽澜天地载，清风颂赞好时光。

神舟十四祝福祖国有感

苍穹万里问天人，驾驭飞舟皎月巡。
建造安装精测试，维修保养务求真。
飘然站内三英杰，俊爽云边五彩亲。
佳节情深弘朗贺，泫流吟咏自来因。

西充放歌

改革东风紫气生，莲湖皓月故乡情。
千街桂圃香飘逸，百业昌图雀起声。
绿色有机农业县，宜居永寿小康城。
中秋放朗西充事，直挂云帆又启程。

纪念辛亥革命一百一十周年

神州劫历大山欺，首事武昌举义旗。
万里长江波浪涌，千年古国怒心滋。
三民理念开新宇，一代孙文勒石碑。
天下为公虽未果，东方崛起筑元基。

颂十九届六中全会决议

百年风雨九州晴，决议宏声世代明。
逐梦高瞻升国力，永康精义向繁荣。
为民心会凡微事，执政肩扛使命旌。
致富元功惊浩宇，勤身赶考向新程。

十四届珠峰航展

谁在玄苍绘彩虹？银鹰八一鼎元功。
风驰弦舞英姿爽，电闪宏图国力充。
读秒九霄千里近，拉烟五岭万山红。
几多首次云程写，路带双赢亿福融。

延安精神

延安宝塔闪金光，盛会宏声启远航。
窑洞明灯今古照，京城巨手画图昌。
缅怀先辈初心烈，服务人民始志昂。
圣地基因催奋翼，新程一路蕴兰章。

神舟十二载人飞船发射成功

敦煌壁画有飞仙，唤得神舟出酒泉。
火焰光余千兆福，掌声雷动九寰天。
苍穹可驻春来客，浩海方知夏去船。
万里云程多少梦，我行军礼敬三贤。

葛洲坝

神州浩荡一江流，大坝金汤锁了喉。
环保能源输万里，民生蓄水利千秋。
平湖翡翠游人映，云雨巫峰眼底收。
宏伟工程惊世宇，炎黄逐梦步难休。

西充水源

史载西充久旱深，城乡雨水贵如金。
千年凿饮生存问，百业尖新体议斟。
一笔恢宏求发展，九龙碧玉告俘擒。
清渠自此灵心遣，幸福甘泉润古今。

七一讲话

百年华诞势恢宏，习语铿锵万里平。
全面小康民福祉，几番强国步云程。
银鹰致远豪情涌，德水欢腾沓浪生。
盛典新光辉史册，神州俊朗盖虫声。

贺十九届六中全会

应时全会启新航，使命初心举措详。
生态文明多福祉，统筹开放尽兰章。
双赢伟略佳声远，百载宏图国力昌。
一路求真沿改革，炎黄崛起梦飞翔。
（原载光明网，2021 年 11 月 15 日）

七一颂歌

红船始志解民悬，不改初心越百年。
两袖清风彰党义，一张白纸谱新篇。
恭勤服务忠诚显，持节安康福祉延。
砥砺与时宏大业，东方屹立史无前。

国庆七十三周年

十月金风别样情，神州万里朗吟生。
飞船破曙蟾宫晓，航母巡疆帝制倾。
百业宏图民曼福，千山博富国康平。
东方伟绩惊寰宇，火树银花伴凯声。
（原载光明网，2022 年 9 月 28 日）

赞何尊饕餮

何尊瑰宝史无前，中国渊源百字诠。
饕餮铜铭根毓瑞，炎黄姓氏祖归缘。
周王厚德民心顺，法制开河洛邑牵。
远古文明辉日月，巨龙华夏上云巅。
（2019 年 3 月 13 日中国报道杂志社）

悼念凉山灭火英雄

凉山野火驭风奔，炙袭楼林境欲昏。
将士临危彰本色，英雄沥胆卫家门。
元身万载人神撼，祭语千秋血气尊。
举国江河流泣泪，云天恸雨慰忠魂。
（原载光明网，2019 年 4 月 4 日）

MU5735 遇难者头七祭

春半山花格外红，飞机失事眼朦胧。
杜鹃何唤清明雨，海宇因哀莫埌风。

一去蓬莱亲友念，几回幽梦故人融。

愁云万里成悲泪，痛悼千周问太空。

庚子河南暴雨

河南宿雨偶成灾，浊水翻波旷野来。

地铁严城淹浸破，江流暗坝裂纹开。

中州解困仁彰显，桐柏扶危爱错崔。

八面情深知亮迹，凯声宏朗显康裁。

国家公祭

金陵一破血成河，鬼子屠城白骨多。

膏药军旗刀火乱，元天炬焰虎狼衰。

国家公祭寒钟鼎，恨海奔驰泪水波。

神社阴魂谁敢唤，东方亿万鲁阳戈。

长江 2020 年特大洪灾

长江洪水破天荒，浪态凶危岸祸殃。

大佛漫淹慈眼闭，支游宿雨火城伤。

千街橹桨援孤岛，万户迁家别住房。

民族精神彰伟力，豪情霸气震龙王。

鸦片战争

坚船利炮破京门，屈辱条规岂可遵。

海上残阳怜热血，巴黎偃月哭军魂。

因何外寇皇城掠，怒恨清朝末路奔。

鉴史思危今感奋，东方雪耻树心根。

抗美援朝七十周年

抗美援朝卫国门，铮铮铁骨铸军魂。
顽躯可把机枪堵，烈焰焉能玉岭吞。
十万时英成义士，三年苦战定昆仑。
峥嵘岁月今犹忆，岂怕风来虎豹奔。

抗战七十六周年纪念日

艰辛抗战史无前，百万同胞义死诠。
倭寇屠城江恨血，炎黄奋击胆惊天。
九州勇士今犹忆，一代精神永熟研。
十四年来多壮烈，东方崛起慰英贤。

难忘九一八

柳条湖畔起硝烟，日寇屠城恨血煎。
三省泣声惊世界，万山烽火照星天。
舍身救国时英烈，奋力除倭老少前。
八十九年虽已去，铭心雪耻不翻篇。

沈阳事变

沈阳事变史惊天，日寇猖狂十四年。
九曲黄河流血泪，百城烽火照云巅。
时英义烈呼声疾，铁骨铿铿舍命诠。
长笛警钟铭慨忆，同胞不忘枕戈眠。

纪念延安文艺座谈会 80 周年

延安文艺史无前，典册精微八十年。
卓识初衷除旧制，高瞻后戒拓新天。
倾心不负黎民事，写志能描大业篇。
缅忆伟人欣感慨，清风树德勇争先。

（原载光明网，2022 年 5 月 23 日）

看电影《长津湖》有感

抗美援朝举世褒，长津古雪鉴英豪。
寒风避怕丹心碧，帝国余惭猛士刀。
纸虎修威成梦影，雄师结阵着冰袍。
忠魂傲骨乾坤立，留得精神海起涛。

瞻北碚梅花山张自忠将军墓

自忠埋骨晋云丘，首仰英灵热泪流。
鏖战东倭身殉国，融陶武旅气争猷。
杏儿弹雨何非忆，北碚梅花格外稠。
祭祀情深心致意，肃然遥酹酒千瓯。

扑灭北碚山火

一夜凉风越短墙，柳枝垂首钓鱼塘。
缙云山火余烟灭，摩托时英感慨昂。
炽热离尘南水续，和声入户北渝彰。
九州雄起恢宏颂，爱国情怀永世昌。

张献忠殒命凤凰山

献忠殒处草枯黄，动切秋风背沁凉。
燕岭青龙惶古郡，凤凰薛霸射胸堂。
一身恨念时光短，两广填川旧事长。
历史谁能功罪定，登临缅忆又何妨。

晚舟回家

西方法制又蒙羞，众目晴虚扣晚舟。
借口人权谋霸道，其然独断远来由。
无端启证邪何掩，故意浑淆利岂收。
据实愤争今感慨，回家一步鉴三秋。
（原载光明网，2021 年 10 月 9 日）

赞晚舟归来

谁甘海外苦争求？巾帼时英彼岸囚。
蔑视王权彰霸气，勤诚信仰烙心头。
矜诬岂可殊名罪，事实方成典案由。
虎穴三年何所惧，只因后盾是神州。

澳门回归二十年周年

失地回归二十年，莲花交彩四时鲜。
乘风伟略鹏云举，聚力嘉谋福祉绵。
维稳安民功盖世，奔康致富德无边。
精诚两制开新路，殊典同荣向顺天。
（原载光明网，2019 年 12 月 25 日）

神舟十三号酒泉发射成功

力索苍穹且等闲，酒泉光焰照舒颜。
三英又是云霄客，六月飘悠虎豹关。
入驻天和寻奥秘，潜研信息履仙山。
金秋组合多奇志，驾驭神舟九宇翩。

福建号航母下水

东南舰厂续篇开，福建宏声万里来。
大海添鲸疆域壮，雄师亮剑国门瑰。
谁堪甲午硝烟尽，更喜尧天虎气回。
世界和平新伟力，乘风破浪凯歌催。
（原载光明网，2022 年 6 月 20 日）

赞三英凯旋

五岳高昂德水歌，三英凯入涌心波。
天庭建站云衢显，链路恢宏国力峨。
喜志船边收信息，殊姿斗室拓盈科。
河山万里风光好，四月时花赤县多。

跳台夺冠

雪地银光耀跳台，迎春旅燕上时来。
一飞伟志千山越，几度欢声万目呆。
冬奥加油知虎翼，北风严冽蕴寒梅。
艰辛百战炎黄女，泪洒金杯暖日开。

北京冬奥赞（二首）

（一）

北京冬奥满天霞，两度心开友谊花。
体育精神连九宇，文明公正绽千葩。
一城暖意春光蕴，半步争先韧劲夸。
人类和平无国界，五环旗下结亲家。

（二）

北京冬奥与时来，友谊之窗古国开。
赛道康衢通四海，雪花滋果拥千才。
五环旗下精神续，一体欢场竞技崔。
世界和平多煦暖，尧天得意响春雷。
（原载光明网，2022 年 1 月 27 日）

航天三英凯旋

建站苍穹摘彩霞，三英完满凯归家。
神州万里弘休颂，古国千城举众夸。
几度舱边留亮影，半年博奥育灵葩。
殊姿斗室惊寰宇，俊朗航天最美花。
（原载光明网，2022 年 4 月 19）

神舟十四发射成功

酒泉火箭向元天，夏载三英万里跹。
对接精奇惊浩宇，弘彰博奥谱新篇。

敦煌壁画千年梦，斗室风姿一代贤。

大江南北民亿福，东方崛起史无前。

（原载光明网，2022年6月7日）

贺玉南诗社

古韵新风海淀香，玉南诗社沐朝阳。

于微妙句人生谱，博奥含怀岁月装。

晚叶怡情多亿福，初心写志得千章。

仄平总是春光好，一梦高天奋翼翔。

（原载光明网，2022年3月29日）

神舟十二飞天畅怀

建个新家在九天，漫游广宇步悠然。

腾云揽月平常事，生活舒安幸福篇。

试验田园收信息，遥招链路返飞船。

东风翘首神舟盼，着落邀来白玉圆。

贺神舟十二胜利归来

炎黄逐梦史无前，敢建新家在九天。

信步舱边千彩摘，潜心宇屋百科研。

维修试验衡云路，制控分离释自然。

万里耕耘收硕果，东风得意贺三贤。

（原载光明网、党建网，2021年9月27日）

女足亚洲夺冠

绿茵场上破洪荒，女足英姿五岳昂。
九宇云花谁可摘，一江春水自清航。
人添虎翼佳名博，古雅丹心日月光。
巾帼风流今又续，心潮若海颂宏扬。

贺天舟三号文昌铜鼓发射成功

勇士穿云上九霄，惊时快递搭津桥。
神舟在轨资储补，链路维修引索标。
看我航天三步曲，扬光泽福八方辽。
少年铜鼓今欣慨，后继崇宏古国骄。

贺嫦娥回家

嫦娥五号问星天，着陆新开引力篇。
近月择机双轨合，刹车制动百科研。
蟾宫又请游云客，外宇邀来取土船。
一吻终圆千载梦，回家捷报助尧年。
（原载光明网，2020 年 12 月 18 日）

入联五十周年

实至名归五十年，提升国力史无前。
双赢带路扶贫弱，和睦交邦止战烟。
砺剑怀仁寰宇守，通商互利福安连。
外交新政多元化，联大宏声反霸权。
（原载党建网，2021 年 10 月 26 日）

新中国恢复联合国合法席位五十周年

入联乾道宇寰明，五十春秋发义声。
相互尊重仁拓路，双赢互利实开城。
秉持公理扶孱弱，独向专权止急兵。
华夏复兴民振奋，如今崛起利和平。
（原载党建网，2021 年 10 月 26 日）

赞北京冬奥

四海宾朋聚北京，五环旗下赞康平。
赛场争奋寒冰化，古国温馨友谊生。
握手未来持义信，写情团结铸丹诚。
群英竞技无严雪，领奖登台热泪盈。

赞北京冬残奥会

雪容融合五环情，残健英姿举世惊。
万里云天飘妙彩，百场冰道赞殊荣。
争先奋翼金杯摘，理解加油友谊生。
体育精神连浩宇，温馨大写北京城。
（原载光明网，2022 年 3 月 5 日）

初四立春迎冬奥

梅枝喜鹊早严恭，羊日开春七彩浓。
握手未来双奥写，切情团结九州逢。
赛场拼博雄心烈，凌雪加油国界融。
韵响东方情万里，一元初始已无冬。

纪念毛主席逝世一百二十八周年

风寒祭日上云楼，一代英明万载讴。

巨手挽澜惊九宇，初心励志谱千秋。

挥毫巧绘康庄路，守政功谋福祉流。

服务忠诚民诵忆，伟人虽去盖功留。

纪念伟人诞辰一百二十九周年（二首）

（一）

一轮红日照神州，唤起工农亿福求。

遵义挽澜航舵稳，延安圣火旧权休。

兴兵北上驱倭寇，熄战平津震蒋酋。

德水奔流今古唱，民心永远溯源头。

（二）

为民服务破天荒，信手分来日月光。

一桨南湖挥赤帜，几危遵义驶新航。

神兵百万含怀化，伟绩千秋史册彰。

亿福东风今古颂，英明领袖永安详。

重读毛主席语录有感

语录先年抵万金，宁康再读亦然钦。

篇章镞砺高天志，字句彰含大海心。

领袖清风除旧弊，东方正义发新音。

为民服务光芒射，一镜高悬照古今。

劳动光荣

劳动花红五月天，长风万里颂时贤。

小工装绘云楼梦，大国舟飞浩宇巅。

妙手勤心谋旺业，征帆虎翼指平川。

创新拓展生存路，汗滴昌衢是福缘。

（原载光明网，2022 年 4 月 29 日）

诗赞两弹一星元勋邓稼先

移沙赶石踏湖烟，大漠生根邓稼先。

奉献青春融古雪，专攻物理绘宏篇。

寒星见鉴关山梦，烈焰惊掀美利坚。

隐姓埋名三十载，元勋两弹铸疆天。

诗赞科学巨匠钱学森

归程宛曲五寒春，淡泊功名义信身。

博夜餐书精计算，荒沙立志远游巡。

强军壮国丹心助，雪耻安疆利器新。

两弹凌空惊帝梦，一船奔月访仙人。

挽袁隆平院士

民生自古食为天，饱肚才知院士贤。

赤苦淳浇优质稻，忠勤善种慧心田。

元身化鹤蓬莱去，汗水留芳福德诠。

国下半旗彰伟绩，大江哀曲送袁仙。

挽吴孟超院士

披肝沥胆救垂危，一把昆刀学界奇。
巧手神功惊厉鬼，灵心俊智赛卢医。
外科四叶终生梦，照毓千山岁代碑。
吊挽吴公仙鹤驾，晴天泪雨自成诗。

王亚平太空讲课

上古谜云一课开，及时春雨九天来。
视频博奥明寰宇，据典精深绽蝶梅。
引力能知星站事，豪情可育月宫才。
推崇科普嘉师赞，泣血讴心辅俊才。

张澜故里

夏日张公故里游，铜雕凛肃向天讴。
黉门育德民盟建，实业宏图祖国酬。
保路举旗摧帝制，倡言主义入春秋。
勤身服务丹心切，一世廉风万古留。

赞 2021 年感动核潜之父彭士禄

童年困苦志宣陶，红色基因幸自豪。
务实求真精学业，埋名隐姓斗惊涛。
核潜不与人争利，老去方能海挂袍。
拼搏一生多少梦，忠魂为国铸尖刀。

游郭沫若乐山沙湾旧居

沙湾地杰蕴仙风，大宅灵光与日红。
宝树千年文豹出，豪情万丈伟才通。
连篇巨著春潮涌，划断云烟海宇崇。
一座丰碑今古敬，神来铁笔岂由衷。

赞黄海孤岛夫妻哨所

万丈惊涛小岛掀，谁能合力护家园？
台风十级何曾惧，义海多年倍可尊。
大雪蒸炎心未改，豪情碧血范犹存。
卫边事迹人皆赞，铁树开花党育根。

陈红军烈士

英雄本是读书郎，却弃康安守国疆。
尽管高原云路险，埋根境域战旗扬。
舍身暖化昆仑雪，向义魂精铬镍钢。
一颗丹心千载颂，弘休与日照家乡。

瞻仰杨尚昆宗祠

三星拱月墨花妍，古镇杨家福佑缘。
碧水双龙前博远，飞檐四兽后萦缠。
灵山紫气清风烈，旺族芳规主政贤。
一代群英镌五岳，闇公更是感云天。

大国工匠颂

为国争光亿万民，忠诚奋力写凡身。
上天巨匠霞花摘，下水殊工浩海巡。
竞技倾心宏百业，微明励志载千春。
炎黄崛起惊寰宇，五月风吟劳动人。
（原载光明网，2023 年 4 月 30 日）

快递员工赞

时新快递一枝花，俊逸春书送万家。
十足兼程情意暖，三餐冷炙凤阳斜。
风霜目睹青丝色，岁月心休绿树芽。
劳动光荣财富厚，温馨远播众人夸。
（原载光明网，2023 年 4 月 30 日）

环卫工人赞

莫言环卫事凡常，可贵能描七色妆。
昼夕辛心除旧迹，炎凉汗水入新章。
小区井圃繁花绽，大道宽街洁彩扬。
人类酬勤今博古，美容城市最荣光。

时代楷模黄文秀

满腹诗书壮节荣，百坭云步续长征。
披星汗筑扶贫路，载日心倡致富情。
使命承肩巾帼烈，担当铸骨妙龄诚。

为民报国乾坤伴，万里哀风挽俊英。

（原载光明网，2019 年 7 月 5 日）

沁园春·壬寅国庆

十月神州，喜贺华诞，朗吟嘉年。望大江南北，长城内外；河山壮美，百业昌繁。浩宇飞舟，深蓝亮舰，科技求精道路宽。东风劲，逐梦初心切，快马扬鞭。

和平互利多边，共命运，领航反霸权。赞奔流德水，宏图路带；文明焕灿，万里尧天。服务人民，拍蝇打虎，改革含弘福祉绵。新航启，破浪云帆挂，一往无前。

沁园春·国庆飞歌

赤县金秋，万里明霞，大美河山。忆初心励志，僻乡瘠地，脱贫报捷，福祉无边。天宇飞舟，苍穹建站，航母银鹰远海穿。今佳节，万民豪情涌，卓朗尧年。

满园百卉争妍，人奋进，恢宏载史篇。揽东方伟岸，丝绸路带，维权反霸，国力空前。利剑高悬，和平一统，看我神州七彩天。清吟颂，七十三华诞，一曲云笺。

（原载《中华魂》，2022 年第 10 期）

沁园春·红船颂

世纪红船，一桨惊天，厚载百年。忆秋收张焰，罗霄跃马，南昌兴旅，遵义陈贤。百万时英，腔腔热血，奉献青春丹志诠。金陵陷，蒋家尘烟灭，民族昌繁。

为民宗旨含元。垂德范，恭勤诗梦圆。喜月宫收壤，殊疆亮剑，小康余步，幸福开园。五岳崔巍，黄河浩荡，建站高天观宇寰。复兴路，党员甘人范，勇往无前。

水调歌头·贺决议

决议义声远，四海九州欢。百年经典，鉴证殊伟挽狂澜。建党初心不改，始志为民谋福，何惧路程艰。舍身创新宇，碧血染千川。

新政始，人精励，马加鞭。科研兴业，独立自主路途宽。互利双赢一体，华夏名声鹊起，十亿勇争先，喜得东风劲，历史续新篇。

沁园春·新中国建立七十华诞

盛世金秋，喜庆华年，七十丰荣。卧龙翔万里，河山红遍，留辉史册，任我豪情。遥忆初元，怎能忘记，洋火洋油近古耕。立新宇，雄心谋良策，壮志天惊。

借神舟月宫行，银鹰伴舰涛海踏平。秒分追吉梦，民营慧眼，闲云高铁，福祉盈升。路带精诚，惠恩浩宇，互利双赢朋友生。倾江饮，地覆天翻庆，船又新征。

（原载光明网，2019 年 7 月 24 日）

后 记

　　热爱诗词，出版自己的诗集，一直是我童时的梦想。可是，多年饱受高血压、痛风、视力减退等疾病的折磨，未能圆此梦。2008年退休回故乡以后，旧友常约喝茶转路，病情略有好转。在三弟蒲瑜松的引荐下，偶然认识了一位教书的朋友，此人对诗词颇有研究，两次参加中华诗词研讨会。在他的启导下，我决心重拾丢弃已久的诗笔，从每天背读十首唐诗入手，依韵仿写五首，绳可锯木，水可穿石，几年下来，终于写了近万首诗词，却因身体久佳，几次住院，手足肿痛，不能写字，延误了不少时间，最近稍好些，终于成功编撰诗集《情系河山》。

　　此诗集问世，我首先要感谢中国文联出版社的关心和支持，没有他们提供必要的条件，我不能化茧成蝶，更不能有《情系河山》撰辑成书。在感谢中国文联出版社的同时，我也特别感谢在北京的乡友何云春先生对我出版诗集的鼎力相助，感谢何先生对我诗集的认可和点评。何先生的诗词不仅倍受称赞，而且人品很好，他平易近人的风格得到众多诗友的一致好评。每当我在写作上遇到瓶颈，他总是予以及时指导，使我对诗词有了更为执着地追求和探索，并且也得到慰勉与收获。这些年来，我诗词有了长足进步，上百次在国家级杂志上发表，并且加入了中华诗词学会。

我忘不了三弟蒲瑜松的帮助，更忘不了当过教师的妻子的佐助。这本诗集的出版，我也得到了许多亲友、诗友、战友及家人的支持，尤其在炽热的盛夏，侄儿蒲映洪在教学的百忙中，将我近几年的诗排版发给我，可惜我不懂电脑，一次操作失误把四千多首诗歌格式化了，怎么也找不回来，当时的手稿又没有保存，只能成为一生最大的遗憾。但幸运的是朋友收藏了许多，他们相继发给我，可惜已定稿不能再改动。我只好在后记附上两首诗《回家有感》春元雨冷老朽伤，履睡多天岂掩惶。不怪廊桥凡识我，只因瘟疫太猖狂。封城锁路添蓬发，守纪盈杯慰别肠。夜静清心诗殿后，低吟一首向山乡。光明网 2020 年 1 月 31 日。《京津抗洪》倾盆暴雨石堤开，洪水猖狂四面来。浪卷房山街棹桨，烟环冀北堰悲哀。济危彰显时英烈，舍死方知伟志哉。民族精神生决力，京津无恙景争回。(光明网 2023 年 8 月 8 日)。

路漫漫其修远兮，吾将上下而求索。在写诗的路上，我虽年过古稀，但却依然是一刚入伍的新兵，夕阳无限好，借朵染银丝。我坚信，只要在余年坚持不懈地努力，一定能梦圆始愿。

蒲　俊

2023 年 8 月于四川西充